DES

R

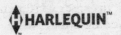

Editado por HARLEQUIN IBÉRICA, S.A.
Núñez de Balboa, 56
28001 Madrid

© 2013 Harlequin Books S.A.
© 2014 Harlequin Ibérica, S.A.
Deseo inadecuado, n.º 104 - 16.4.14
Título original: No Stranger to Scandal
Publicada originalmente por Harlequin Enterprises, Ltd.

I.S.B.N.: 978-84-687-4206-9
Depósito legal: M-796-2014
Editor responsable: Luis Pugni
Fotomecánica: M.T. Color & Diseño, S.L. Las Rozas (Madrid)
Impresión en Black print CPI (Barcelona)
Fecha impresion para Argentina: 13.10.14
Distribuidor exclusivo para España: LOGISTA
Distribuidor para México: CODIPLYRSA
Distribuidores para Argentina: interior, BERTRAN, S.A.C. Vélez
Sársfield, 1950. Cap. Fed./ Buenos Aires y Gran Buenos Aires,
VACCARO SÁNCHEZ y Cía, S.A.

Capítulo Uno

Hayden Black ojeó los documentos y las fotografías que tenía encima del escritorio de su suite de Washington hasta que encontró lo que buscaba. Unos preciosos ojos castaños, la melena rubia y brillante hasta los hombros. Los labios rojos. Lucy Royall, la clave de aquella investigación para el Congreso, con la que conseguiría hundir al padrastro de esta, Graham Boyle.

Después de haber realizado la investigación preliminar desde Nueva York, Hayden había decidido que la heredera, de veintidós años, era el punto débil de Graham Boyle, al través del que podría encontrar información de todas las actividades ilícitas de este. Lo primero que había hecho esa mañana había sido pedir una fotografía de la señorita Royall, para estar preparado cuando la conociera.

Dejó a un lado la fotografía y tomó otra en la que la joven hacía publicidad de la cadena de noticias de Boyle, American News Service, en la que ella trabajaba como reportera júnior. A pesar del tono de voz profesional y de llevar los ojos muy maquillados, parecía demasiado joven, demasiado inocente, para estar mezclada en los negocios sucios de ANS, desde donde se estaban pinchando teléfonos de los amigos y familiares del presidente. Pero las apariencias podían engañar, sobre todo, cuando se trataba de princesas mimadas. Y nadie lo sabía mejor que él.

Graham Boyle había adoptado a Lucy Royall cuando esta tenía doce años, y después de que la niña hubiese heredado una inmensa fortuna de su padre biológico. No había nacido en cuna de oro, sino en cuna de oro incrustada de diamantes.

Hayden tomó la fotografía de otra periodista rubia: Angelica Pierce, una experimentada periodista de ANS. Hacía diez minutos que había salido de una entrevista con ella, así que estaba seguro de que tenía la sonrisa tan blanca y los ojos tan azules como aparecían en la foto. Había algo extraño en el azul de sus ojos, que parecía más de lentillas de colores que natural. Angelica Pierce llevaba media vida delante de una cámara de televisión, así que era normal que intentase presentarse lo mejor posible ante sus telespectadores.

Se había mostrado dispuesta a ayudarlo y había comentado que aquel escándalo perjudicaba a todos los periodistas. Sobre todo, había accedido a ayudarlo con el tema de Lucy Royall. Al parecer, nada más terminar sus estudios, Boyle la había contratado a pesar de haber tenido otros candidatos mucho mejor cualificados. Según Angelica, Lucy se paseaba por la redacción como si fuese una estrella de cine, se negaba a hacer tareas que no le gustaban y daba por hecho que tenía ciertos privilegios.

Hayden volvió a mirar la fotografía de Lucy,

que iba vestida con una camisa de seda y unos sencillos pendientes de diamantes, todo muy fino y discreto, pero que dejaba entrever su riqueza y clase, y no le sorprendió que se creyese con ciertos derechos.

Pero, durante la entrevista, Angelica había hecho algo particularmente interesante. Le había mentido al contarle que Lucy la había amenazado. Su lenguaje corporal había sido muy sutil, pero Hayden se había entrevistado con muchas personas a lo largo de los años y estaba acostumbrado a ver lo que otros no veían.

Aunque Angelica podía tener motivos para mentir, tal vez estuviese nerviosa al ver ascender en el escalafón a una joven y bella periodista que, además, era familia del dueño de la cadena. Había gente que mentía por mucho menos todos los días.

Pero Hayden sabía que había algo más. Era cierto que él solía desconfiar de los periodistas porque pensaba que estaban demasiado acostumbrados a manipular hechos para conseguir una buena historia, pero toda aquella investigación estaba centrada en periodistas, así que, por el bien de su objetividad, tendría que intentar olvidarse de eso y tomarse las cosas según se fuesen presentando.

Rebuscó entre las fotografías hasta que encontró una de Graham Boyle. Todas las averiguaciones que Hayden estaba llevando a cabo para el comité que se había creado para investigar los casos de piratería y otras actividades ilegales lo terminaban llevando hasta Boyle.

Y su hijastra.

Era posible que Angelica Pierce le hubiese mentido al decirle que Lucy Royall la había amenazado, podía haberlo hecho para proteger su puesto de trabajo, pero a Hayden no le costaba nada creer que la señorita Royall fuese una princesa malcriada que estaba jugando a ser periodista. Conseguir que esta le confesase que su padrastro estaba jugando sucio sería pan comido. Hayden tenía experiencia más que suficiente con herederas consentidas y sabía muy bien cómo tratarlas.

Lucy Royall iba a caer, y su padrastro con ella.

Lucy sujetó el teléfono con el hombro y siguió escribiendo unas preguntas para Mitch Davis, el presentador de uno de los programas nocturnos de ANS. Este iba a entrevistar a un senador de Florida cuatro horas después y quería tener las preguntas a mediodía para poder familiarizarse con ellas. Así que Lucy tenía exactamente diez minutos más, y después, a la una, tenía que reunirse con Hayden Black, que formaba parte de un comité de investigación contra la piratería. Así que aquella llamada de la productora Marnie Salloway llegaba en muy mal momento. Aunque su trabajo siempre era así, tenía demasiadas tareas y demasiados jefes.

–Marnie, ¿puedo llamarte dentro de quince minutos?

–Voy a estar en una reunión. Necesito hablar contigo ahora –replicó la otra mujer.

–De acuerdo. ¿Qué quieres?

–Necesito la lista de los lugares a los que vamos a mandar esta tarde a nuestros cámaras para grabar las imágenes del reportaje de la hija del presidente.

Lucy frunció el ceño y siguió tecleando.

–Te la he mandado esta mañana.

–Me has mandado diez lugares. No es suficiente. Necesito veinte antes de las doce y media.

Lucy miró el reloj que había en la pared. Eran las doce menos nueve minutos. Contuvo un suspiro.

–De acuerdo.

Colgó el auricular y malgastó veinte preciosos segundos apoyando la cabeza en el escritorio. Nada más terminar la carrera, Graham le había ofrecido trabajo de periodista a tiempo completo, pero ella lo había rechazado. Entonces, le había ofrecido que trabajase como presentadora los fines de semana. Solo quería ayudarla. Era lo que llevaba haciendo desde que tenía doce años, pero ella no quería ocupar un puesto alto.

Bueno, eso no era cierto, por supuesto que quería llegar alto como periodista, pero quería ganárselo, ser buena. Que la respetasen por su trabajo. Y la única manera de conseguir esa experiencia era trabajando a las órdenes de grandes periodistas, para poder aprender de ellos.

Pero en días como aquel cuestionaba aquella decisión. No era la única periodista novata de la cadena, pero sí la única a la que todo el mundo trataba como si fuese una criada. Y la que peor la trataba era Angelica Pierce, periodista que, hasta entonces, había sido su heroína. Lucy respiró hondo y siguió escribiendo las preguntas de la entrevista de Mitch Davis. Poco después se las había enviado por correo electrónico. Entonces se puso con el trabajo que le había encargado Marnie.

Desde el primer día, le había quedado muy claro que al resto de trabajadores de ANS no les gustaba tener a la hijastra de Graham cerca. Se rumoreaba que era su espía. Y ella comprendía el rechazo que suscitaba, pero no podía permitir que eso la afectase. Lo que había hecho hasta entonces había sido mantener siempre la cabeza agachada y realizar cualquier trabajo que le pidiese otra persona más antigua que ella, aunque se tratase de algo ridículo.

Le envió la lista ampliada a Marnie, tomó su bolso y salió corriendo por la puerta para dirigirse a la reunión con Hayden Black. Si tomaba un taxi y no había mucho tráfico, llegaría con tiempo de sobra. Salió a la calle, compró un café y una magdalena, metió esta en su bolso y le dio un sorbo al café antes de tomar el taxi. No quería llegar tarde a aquella reunión. El Congreso estaba desperdiciando tiempo y dinero en una búsqueda inútil al investigar a su padrastro. Aquella era su ocasión de defender a Graham. Este siempre la había apoyado en todo, en esos momentos le tocaba a ella compensarlo.

El taxi la dejó en el hotel Sterling, donde se alojaba Hayden Black y donde estaba llevando a cabo las entrevistas. Al parecer, le habían ofrecido un despacho, pero él había preferido trabajar desde un territorio neutral. Una decisión interesante. A casi todos los detectives les gustaba la autoridad que les confería un despacho oficial. Lucy se terminó el café en el ascensor y se miró en el espejo; el viento la había despeinado. Mientras las puertas se abrían, se peinó un poco con los dedos. La primera impresión siempre era importante, y Graham dependía de ella.

Comprobó que no se equivocaba de número de habitación y llamó a la puerta con la mano en la que tenía el vaso de café vacío, mientras con la otra se estiraba la falda. Miró a su alrededor en busca de una papelera, pero volvió a mirar al frente al oír que se abría la puerta y empezó a esbozar una sonrisa con la que transmitir que no tenía nada que ocultar.

La sonrisa se le quedó a medias al ver a un hombre alto, vestido con una camisa blanca, corbata carmesí y unos pantalones oscuros muy bien planchados. Hayden Black.

Lucy notó cómo el aire se espesaba. Había conocido a muchos hombres poderosos en el trabajo, en la vida, pero ninguno con la presencia de aquel. Tuvo que hacer un esfuerzo por respirar.

Él frunció el ceño. Sus ojos marrones la estudiaron y no pareció gustarle. Lucy sintió frío. Aquel hombre ya la estaba juzgando y la entrevista todavía no había empezado. Se puso recta. En realidad, estaba acostumbrada a que la gente la juzgase solo por su riqueza, por su modo de vida y por la familia en la que había crecido. Y aquel hombre era solo uno más. Levantó la barbilla y esperó.

Él se aclaró la garganta.

—Señorita Royall. Gracias por venir.

—Un placer, señor Black —le respondió en tono educado, tal y como le había enseñado a hacer su madre para cuando quería conseguir algo.

«Se atrapan más moscas con miel que con vinagre, Lucy».

Él alargó el brazo para indicarle que entrase.

—¿Quiere tomar algo antes de que empecemos? —le preguntó casi gruñendo.

—No, gracias.

Lucy se sentó y dejó su bolso en el suelo, a su lado.

Hayden ocupó el sillón de enfrente y la miró de manera condescendiente.

—Le voy a hacer algunas preguntas sencillas acerca de ANS y de su padrastro. Si me responde con la verdad, no tendremos ningún problema.

Lucy sintió calor. Menudo imbécil. ¿Cómo que si le respondía con la verdad no tendrían ningún problema? Tenía veintidós años, un título de la Universidad de Georgetown y era la propietaria de un sexto de los grandes almacenes más importantes del país. ¿No pensaría aquel tipo que iba a permitir que la tratase como a una niña?

Le dedicó su sonrisa más inocente, tomó su enorme bolso rojo y lo dejó en el escritorio que tenía delante. Entonces combinó la dulce voz de su madre con la firmeza que había aprendido de Graham y dijo:

—Creo que voy a tomarme un vaso de agua, si es posible. Me he traído una magdalena y me gustaría comérmela. No le importa, ¿verdad? Es que no he podido comer porque tenía que venir aquí y creo que pienso mejor con el estómago lleno.

Él dudó un instante y después murmuró:

—Por supuesto.

Y se levantó a por el agua.

Ella respiró satisfecha, había conseguido desestabilizarlo. Cuando lo vio volver con el vaso de agua, le tendió el vaso de papel del café.

—¿Y le importa tirar esto a la basura, ya que está de pie? No quería meterlo en el bolso por si se manchaba y no he visto ninguna papelera en el pasillo.

Él tomó el vaso, pero no pareció hacerle gracia.

Lucy volvió a sonreírle.

—Gracias. No sabe cuántas personas se niegan a hacer cosas así de sencillas, pero, bueno, es que usted es detective.

Tomó un trozo de magdalena y se lo metió en la boca.

Él volvió a tomar asiento y la miró fijamente, con dureza. Al parecer, había recuperado el equilibrio.

—Señorita Royall...

Ella tragó saliva y buscó una libreta en su bolso.

—Voy a tomar nota de lo que hablamos. Creo que es importante acordarse después de lo que se dice en las entrevistas, sea lo que sea. Ayuda a ceñirse a la verdad y así no tendremos ningún problema.

Tomó otro trozo de magdalena y se lo tendió.

—¿Le apetece?

Él frunció el ceño y Lucy se preguntó si no habría ido demasiado lejos.

—No —se limitó a responder.

—Está muy buena —comentó ella, metiéndose el trozo en la boca antes de buscar un bolígrafo en el bolso.

—¿Está preparada? —le preguntó Hayden con voz tensa.

—Solo un momento. Esta es una conversación muy importante.

Dejó el bolso en el suelo y escribió en lo alto de la hoja: *Entrevista con Hayden Black. 2 de abril de 2013.*

Luego le sonrió de oreja a oreja.

—Ya estoy preparada.

Hayden se resistió al impulso de gemir y, en su lugar, adoptó la expresión neutra que tan fácil le resultaba poner en una entrevista. Lucy Royall era exactamente como en la fotografía y, al mismo tiempo, no se parecía en nada. Tenía el pelo brillante y rubio, pero despeinado. Los labios eran iguales que los de la fotografía, pero llevaba un pintalabios en color bronce, carnosos, sensuales. Muy a su pesar, a Hayden se le entrecortó la respiración. Tenía los ojos color avellana, pero en persona brillaban con inteligencia. Estaba seguro de que estaba intentando jugar con él, y estaba teniendo cierto éxito. Lo que no sabía Hayden era si eso lo irritaba o lo divertía.

Lo que no le hacía ninguna gracia era cómo había reaccionado al abrir la puerta y verla. Se había quedado atónito.

No era una mujer bella, era impresionante. Tenía una luz alrededor, en su interior. Un brillo tan atrayente que había tenido que hacer un gran esfuerzo para no tocarla. Porque no había una mujer en el mundo por la que fuese menos apropiado sentirse atraído. Era la hija del hombre al que estaba investigando. Una mujer que, si no estaba equivocado, podía ser cómplice de las actividades ilegales de su padrastro.

Ella arqueó las cejas, bien al ver su expresión de disgusto, o porque estaba allí sentada, bolígrafo en mano, esperando a que él empezase la entrevista.

Hayden se aclaró la garganta y le dio a un botón para iniciar la grabación.

–Hábleme de su relación con Graham Boyle.

Ella no dudó.

–Graham ha sido mi padrastro desde que tengo doce años. Es un hombre dulce, con un gran corazón.

¿Dulce? A Hayden le entraron ganas de echarse a reír. Boyle era dueño de una cadena de televisión y era un hombre muy temido, tanto por sus competidores como por sus aliados. Para Graham Boyle, el fin justificaba los medios y todo valía con tal de conseguir una noticia.

Y alguien que había formado parte de su familia desde hacía diez años no podía ser ajeno a su crueldad.

–No es así como se le percibe –comentó en tono moderado.

–¿Lo ven sus padres del mismo modo que sus amigos, señor Black? ¿Que sus novias? ¿Que sus empleados? ¿Que sus jefes? –preguntó ella, tomando aire y estirando la espalda todavía más–. Mi padrastro tiene un trabajo que le exige tomar decisiones difíciles, y las personas que no están de acuerdo con ellas pueden verlo como a un hombre cruel, pero conmigo siempre ha sido bueno y generoso.

–Me alegra oírlo, pero no se le acusa de tomar decisiones difíciles, señorita Royall. Se le acusa de autorizar, o al menos consentir, escuchas telefónicas ilegales para obtener información acerca de la hija ilegítima del presidente.

Ella se quedó inmóvil. Lo único que se movió fue su pecho al respirar. Luego, se inclinó lentamente hacia delante.

–Permita que le diga cómo es Graham. Cuando mi madre murió hace tres años, él se quedó destrozado. Casi no podía andar después del entierro. Dos amigos de la familia tuvieron que llevárselo. Luego, a pesar de tener mucho trabajo, y a pesar de su propio dolor, estuvo llamándome, yendo a verme, haciéndome regalos. Asegurándose de que yo estaba bien.

Volvió a sentarse recta, pero su cuerpo siguió en tensión.

–Es un buen hombre –añadió.

A Hayden aquella apasionada defensa de su padrastro le resultó atractiva. Se le cortó la respiración al ver cómo le brillaban los ojos. Se le aceleró el pulso, pero hizo caso omiso. Era un profesional.

—Al Capone era muy bueno con toda su familia —comentó.

Ella se ruborizó.

—Esa insinuación no me ha gustado nada.

Él sacudió el bolígrafo que tenía en la mano derecha y arqueó una ceja.

—No pretendía insinuar nada, solo que ser bueno con la familia no significa que alguien no realice actividades ilegales.

Lucy se limitó a mirarlo fijamente y él aguardó con paciencia.

Ella bajó la cabeza y su pelo rubio cayó hacia delante. Hayden no pudo evitar imaginarse enredando los dedos en aquel pelo y haciendo que Lucy volviese a mirarlo para inclinarse después hacia ella y probar la suavidad de sus labios, la pasión…

De repente, notó que le apretaba el cuello de la camisa. Se maldijo. ¿Qué estaba haciendo? No se podía sentir atraído por una testigo de una investigación tan importante.

«Contrólate, Black», se dijo.

Tomó aire y la miró hasta que vio a una mujer que intentaba encubrir a un delincuente.

—¿Ha participado en alguna vigilancia ilegal de ANS? —le preguntó, con más dureza de la que había pretendido.

—No —respondió ella, entrelazando los dedos sobre la mesa que tenía delante.

Hayden continuó.

–¿Sabe si se ha realizado alguna vigilancia ilegal en ANS?

–No –respondió ella en tono tranquilo.

–¿Ha participado, o ha sabido de alguna actividad ilegal en ANS?

–No.

–¿Trabajó con los experiodistas de ANS, Brandon Ames y Troy Hall, cuando estos pincharon teléfonos para destapar la historia de la hija ilegítima del presidente?

–No.

–¿Cumplían órdenes de su padrastro?

–Por supuesto que no.

–Al principio, dijeron que las escuchas las había llevado a cabo un detective que había trabajado para la cadena de manera temporal, pero luego se descubrió que este estaba limpio. ¿Sabe quién pudo ayudarlos en ANS?

–Que yo sepa, nadie.

–¿Qué piensa de las acusaciones realizadas contra ANS y contra Graham Boyle?

Ella espiró lentamente.

–Las personas que consiguen algo en la vida siempre atraen a otras que quieren destrozarlas.

–¿Qué piensa que hizo ANS para conseguir destapar la noticia de la hija del presidente Morrow? Este fue senador por Montana antes de la campaña presidencial, no era la primera vez que se investigaba su pasado.

Por primera vez, Lucy pareció dudar.

–No lo sé. Yo no he trabajado en esa noticia.

Él supo que debía insistir, pero al ver aquella expresión en su rostro, lo que deseó fue tranquilizarla. Tomar su mano y decirle que todo iba a ir bien. No obstante, su yo más cínico le dijo que era probable que estuviese actuando y que tenía que hacerla hablar más.

–Pero seguro que habla con otros periodistas –le dijo, intentando hablar en tono escéptico–. Todo el mundo ha hablado de esta historia. ¿No me querrá hacer creer que no ha oído nada acerca de cómo se consiguió destapar la noticia?

–Supongo que gracias al buen periodismo de investigación de toda la vida –respondió ella en tono forzado.

Pero Hayden no tuvo la sensación de que le estuviese mintiendo. Todo lo contrario que la anterior mujer que se había sentado en aquella silla. Aquella mujer no se llevaba bien con sus compañeros, se sentía excluida por ellos, pero no quería decirlo. Hayden no pudo evitar sentir ternura.

No obstante, Angelica Pierce le había dejado claro de quién era la culpa de que Lucy Royall no estuviese integrada. Era peligroso sentir pena por ella. Hayden se pasó una mano por la cara. Aquella entrevista no estaba yendo bien, no le estaba llevando a ninguna parte. Tal vez la falta de sueño de los últimos meses estuviese empezando a hacer mella en él.

Hayden se miró el reloj. Tal vez lo mejor fuese terminar temprano, recoger a su hijo, que estaba con una niñera en la puerta de al lado, e ir a dar un paseo a alguno de los parques de Washington.

17

Ya volvería a entrevistar a Lucy Royall cuando estuviese más fuerte.

–Gracias por su tiempo –le dijo–. La llamaré cuando necesite volver a hablar con usted.

Ella se guardó la libreta y el bolígrafo en el bolso y se puso en pie.

–Señor Black, comprendo que está haciendo su trabajo, pero espero que no haya descartado la posibilidad de que Graham Boyle sea inocente.

Él se puso en pie también.

–Si las pruebas demuestran que es inocente, señorita Royall, yo se lo trasladaré al Congreso.

Pero su instinto, que jamás lo traicionaba, le decía que el padrastro de Lucy Royall era culpable. Y él solo tenía que demostrarlo.

Le abrió la puerta y luego vio cómo balanceaba las caderas por el pasillo. Su belleza, fuerza y determinación lo habían sorprendido.

Pero estaría preparado la siguiente vez que tuviese que hablar con ella.

Capítulo Dos

Lucy entró en silencio en el despacho de su padrastro.

Su secretaria le había dicho que estaba hablando por teléfono, pero que podía pasar de todos modos. Graham asintió al verla y luego dio un par de órdenes más a quien estuviese al otro lado de la línea.

Lucy aprovechó la oportunidad para admirar las vistas panorámicas de Washington desde el ventanal. Le encantaba aquella ciudad. Se había mudado allí con doce años, cuando su madre se había casado con Graham. Tanto la ciudad como Graham le habían sentado bien.

Desde una cesta que había en el suelo, Rosebud, el bulldog de Graham, levantó la cabeza y, al reconocerla, se acercó a saludarla. Lucy dejó su bolso junto al sillón y se agachó a acariciarla.

–¿Qué tal, Rosie? –le susurró.

Graham realizó un último comentario en tono tenso y después colgó el teléfono y atravesó la habitación.

–¡Lucy! –exclamó, sonriendo y abriendo los brazos.

Ella se dejó abrazar y se olvidó de todas sus preocupaciones por unos segundos. Graham era la única persona con la que siempre podía contar. Su única familia.

—Espera —comentó él—. Tengo algo para ti.

Ella no pudo evitar sonreír. Aquella era una frase que había oído muchas veces.

—No hacía falta.

—Por supuesto que sí.

Era su manera de demostrarle lo mucho que la quería. Ella también era la única familia de Graham. En ciertos aspectos, formaban una extraña pareja, pero que funcionaba bien.

Graham abrió la puerta de uno de los armarios que había pegados a la pared y sacó una caja de terciopelo azul oscuro. Se la tendió sonriendo con orgullo. Ella la abrió y sacó un delicado bulldog de cristal.

—Es Rosebud —dijo, y la verdadera Rosebud sacudió el rabo al oír su nombre—. Gracias.

Lucy le dio un beso a Graham en la mejilla.

Este sonrió de todo corazón, como siempre hacía en aquellos momentos. Luego se aclaró la garganta y volvió a su escritorio. Nunca se había sentido cómodo con las emociones, así que aquellos momentos siempre eran breves.

—Cuéntame cómo ha ido la entrevista con Black.

Lucy se dejó caer en un sillón enfrente del escritorio de Graham.

—Ha sido más breve de lo que esperaba —empezó—. En realidad, solo me ha hecho unas preguntas.

—Eso significa que solo quería tomarte el pulso. Habrá más.

20

–Ha dicho que me llamará cuando necesite volver a hablar conmigo –le contó ella, estremeciéndose al recordar las palabras de Hayden y su profunda voz.

Como no tuviese cuidado, aquel hombre podía llegar a gustarle, y eso no estaba nada bien. Pero era tan alto, moreno y guapo… Hasta sus manos la habían fascinado. Tenía los dedos largos y ligeramente bronceados. Durante algunos segundos, en vez de prestar atención a las preguntas, se lo había imaginado acariciándole la mejilla.

Graham apoyó la espalda en su sillón y entrelazó los dedos detrás de la cabeza, y ella volvió al presente y a la gravedad del asunto que estaban tratando.

–El mayor peligro aquí –comentó Graham–, es que alguien mienta y dé a Black un falso testimonio. ¿Tienes la sensación de que ha ocurrido?

–No lo sé –admitió Lucy–, pero piensa que eres culpable.

Graham juró entre dientes.

–Me niego a quedarme sentado esperando a que un detective que no es objetivo encuentre pruebas que respalden su teoría. Tenemos que dejar a Black al descubierto antes de que haga demasiado daño.

Lucy inclinó la cabeza.

–¿Y qué tienes en mente?

–Quiero que tú inicies otra investigación –le dijo él–. Te relevo del resto de tus obligaciones. Lo harás sola. No quiero que le hables de esto a nadie. Eres la única en la que puedo confiar al cien por cien. La única que no me va a apuñalar por la espalda solo para conseguir fama, o sea cual sea el motivo por el que las personas traicionan a otras.

No había formulado una pregunta, pero Graham estaba esperando una respuesta. Ella alargó la mano y tomó la suya.

–Empezaré ahora mismo.

–Eres una buena chica –le dijo él, dándole una palmadita en la mano antes de soltársela–. El Congreso habrá investigado a Black, pero nosotros somos mejores. Encuentra los fantasmas de su pasado y tráemelos.

Ella sintió un cosquilleo en el estómago. No estaba cómoda con aquel tipo de periodismo y, además, el hecho de que Hayden Black fuese su objetivo la contrariaba todavía más. Cambió de postura. Tal vez aquella sensación se debiese al hecho de que Black la atraía, pero, en cualquier caso, no le gustaba la idea de investigarlo.

Entonces se recordó a sí misma que aquel hombre pensaba que Graham era culpable. Además, si no tenía nada que esconder, ella no lo encontraría.

Así que asintió, la decisión estaba tomada.

–Pero yo no podré dar la noticia. Todo el mundo sabe que soy tu hijastra. Necesitaremos a alguien con buena reputación y con quien haya más distancia.

–Ya nos preocuparemos de eso cuando tengamos el contenido. Lleva a cabo la investigación, consigue la historia y ya encontraré a alguien que la cuente.

Ella puso su mente en modo periodista y sacó la libreta del bolso.

–¿Quién es nuestra fuente en el hotel Sterling?

Graham tomó el teléfono que había en el escritorio, dio una orden y colgó poco después.

–Un conserje que se llama Jerry Freethy –le dijo a Lucy poco después.

–De acuerdo.

Volvió a guardarse la libreta en el bolso y se levantó.

–Te mantendré informado –añadió, tirándole un beso a Rosebud antes de dirigirse a la puerta.

–Lucy –la llamó Graham–. Gracias.

Ella se emocionó, pero consiguió responderle:

–No te preocupes. Tienes todo mi apoyo, Graham.

Al día siguiente, a la una y media, Lucy vio a su objetivo. El conserje le había dicho que a Hayden Black le gustaba dar un paseo con su hijo por el parque que había enfrente del hotel a la hora de comer, pero que esa hora no siempre era la misma. Así que Lucy y Rosebud llevaban desde las once en el parque.

Hayden iba andando por un camino y llevaba a un niño en un brazo y una bolsa de papel en el otro. A Lucy se le cortó la respiración al verlo. Tenía los hombros anchos, las caderas estrechas y las piernas muy largas. Andaba con confianza y seguridad. Y sujetaba a su hijo con una gracia muy masculina.

Lucy tragó saliva.

—Ven, Rosie, quiero presentarte a un niño.

Lucy había pasado la tarde y la noche anterior recabando toda la información posible acerca de Hayden Black. En Internet había encontrado que era detective profesional, por lo que era normal que protegiese su propia información. Según varios artículos de prensa de Nueva York, su esposa había fallecido varios meses antes en un accidente de tráfico, por lo que Hayden se había quedado solo con su hijo de nueve meses, Joshua, que en esos momentos debía de tener un año. El niño iba vestido con un peto vaquero y un gorro azul, y sonreía con picardía.

Mientras se le acercaban, Lucy se fijó en los árboles, con las ramas cargadas de primaverales flores, pero sin apartar la vista del todo del hombre y del niño. Hayden tenía la cabeza agachada, le estaba hablando a su hijo y no estaba prestando atención a lo que lo rodeaba. A Lucy se le había acelerado la respiración e intentó convencerse que era por la emoción del trabajo que tenía que hacer, aunque en realidad sospechase que se debía más bien al hecho de volver a ver a Hayden Black.

Estaban muy cerca cuando oyó un grito infantil seguido de:

—¡Guau, guau!

Hayden levantó la cabeza; al parecer, su hijo lo había interrumpido a media frase, porque tenía los labios separados.

Lucy nuca se había fijado demasiado en la boca de los hombres, solían llamar más su atención los hombros y los bíceps, pero Hayden tenía una boca preciosa y ella no pudo evitar imaginarse aquellos sensuales labios acariciándole el cuello. Sintió calor solo de pensarlo.

Pero consiguió sonreír y se acercó a ellos con Rosie. Una suave brisa la despeinó y se colocó el pelo detrás de las orejas antes de detenerse delante del padre y el hijo.

–Señorita Royall –dijo Hayden en tono agradable, probablemente porque su hijo estaba delante, porque la expresión de su rostro era más bien tensa.

No se alegraba de verla. ¿Sería solo porque no le gustaba mezclar el trabajo con la familia? ¿O habría algo más…?

–Hace un día precioso, ¿verdad? –comentó ella, inclinándose a acariciar a Rosie–. Los árboles están llenos de pájaros, las flores están en todo su esplendor, hace buena temperatura. Es perfecto. A Rosebud y a mí nos encanta el mes de abril.

Hayden la miró de manera especulativa. Lo sabía todo de Graham, así que tenía que saber también de la existencia de Rosie. A lo mejor acababa de darse cuenta de que podía utilizar al animal para conseguir que Lucy le hablase de Graham, y que el hecho de que se hubiesen encontrado por casualidad podría hacer que ella metiese la pata. Precisamente esa era la idea que se le había ocurrido a Lucy.

Pero eso no explicaba que le hubiese molestado verla. A lo mejor no había querido que nada interrumpiese aquel rato con su hijo. Era posible, pero Lucy tenía la sensación de que había sido otra cosa...

Tal vez no le cayese bien y le molestase habérsela encontrado fuera del trabajo. A Lucy se le encogió el estómago y tuvo que reprenderse a sí misma. El hecho de que se sintiese atraída por él no significaba que la química fuese mutua. Además, aquel hombre había perdido a su mujer hacía solo unos meses.

Lucy pensó que era mejor que uno de los dos tuviese una actitud fría. Jamás podría tener una relación con el hombre que la estaba investigando y, todavía peor, que estaba investigando a ANS para el Congreso.

—¡Guau, guau! —volvió a gritar Josh con impaciencia.

Hayden miró a Rosie y luego a ella.

—¿Puede acariciarla Josh?

—Por supuesto —respondió Lucy, sonriendo de manera inocente—. Es más mansa que un corderito.

Hayden se agachó a su lado y dejó a Josh en el suelo sin soltarlo antes de acariciar a Rosie.

—Se llama Rosebud —le dijo Lucy al niño.

Mientras Josh y Rosie interactuaban, Hayden le preguntó:

—¿Cuánto tiempo hace que la tiene?

—Es de Graham —respondió ella, como si no supiese que él ya lo sabía—. La tiene desde hace seis años. Desde que era un cachorro.

Hayden acarició también al animal.

–Buen perro.

El hombro de Hayden estaba muy cerca del suyo y Lucy sintió ganas de apoyarse en él. Su olor a limpio, a hombre, hizo que se olvidase de todo lo que la rodeaba y que se le acelerase el pulso.

Rosie se tumbó patas arriba, dejando al descubierto el vientre para que la acariciasen. Lucy se dio cuenta de que ella había estado a punto de comportarse de manera tan descarada como el animal. Puso los hombros rectos y se dijo que había llegado el momento de apartarse de la tentación y de recordar que era una periodista haciendo un trabajo de investigación.

Hayden acarició al perro. Le costó mucho concentrarse en otra cosa que no fuese Lucy, a la que tenía muy cerca. Con solo alargar un poco la mano podría acariciarle el brazo, o enterrar los dedos en su sedoso pelo. Se le había acelerado el corazón. La atracción que había sentido por ella nada más verla en el parque lo había desconcertado y una parte de él todavía estaba recuperándose.

Lucy se incorporó, rompiendo así el hechizo del momento.

–Iba a dar de beber a Rosebud –dijo, sacando una botella de agua y un cuenco de su bolso–. ¿Me quiere ayudar Josh?

Hayden miró al niño y, por un segundo, se sintió perdido. No sabía lo que querría su hijo. Se le

encogió el estómago. Odiaba no saber instintiva-
mente ese tipo de cosas. Entonces se dio cuenta
de que por supuesto que Josh querría ayudar. Se
trataba de agua y de un perro, ambas cosas eran
divertidas.

–Cómo no –dijo por fin.

Lucy le dio a Josh la botella de agua y le explicó
cómo rellenar el cuenco con palabras que un niño
de un año pudiese entender. Josh echó más agua
por el suelo que en el cuenco, pero a nadie pareció importarle y Rosie enseguida empezó a beber
mientras el niño intentaba agarrarle el rabo, que
no dejaba de moverse. A Hayden se le ensanchó el
corazón al ver al niño sonriendo, tan feliz.

Lucy tapó la botella y se la guardó en el mismo
bolso rojo que había llevado el día anterior a la
entrevista. Al parecer, llevaba de todo en aquel
bolso. El día anterior, una magdalena, un cuaderno y un bolígrafo; esa mañana, una botella de
agua y un cuenco para el perro. A Hayden no le
habría extrañado que hubiese sacado de él una
manta y unas sillas plegables para hacer un picnic.

–Había leído en alguna parte que Graham tenía un perro que se llevaba al trabajo todos los
días –comentó en tono amistoso.

–Pues este es –respondió ella sin mirarlo, acariciando a Rosebud.

–¿Y usted va al despacho de Graham a ver a Rosebud de vez en cuando?

Ella sonrió, consciente de adónde quería llegar Hayden con sus preguntas. El perro terminó

de beber y Josh alargó los brazos hacia Lucy. Ella lo tomó sin dudarlo.

–¿Qué tal estás, Josh? –le preguntó en tono cariñoso. Luego miró a Hayden–. Me paso a ver a Graham y a Rosie un par de veces por semana.

En vez de seguir haciéndole preguntas, tal y como había planeado, Hayden se quedó admirando la facilidad con la que Lucy interactuaba con su hijo. Josh acababa de conocerla, pero estaba tan contento en sus brazos. Y Lucy parecía relajada, como si supiese tratar a un niño pequeño. A él le ocurría todo lo contrario.

Se preguntó por qué Lucy estaba tan cómoda. Según la información que tenía de ella, no tenía hermanos ni primos pequeños. A lo mejor era porque el niño no era responsabilidad suya, y él, por su parte, deseaba tanto ser un buen padre que solía sentirse raro, inseguro.

Espiró lentamente y se incorporó. Lucy Royall estaba haciendo que volviese a descentrarse. Se frotó los ojos y se decidió por un nuevo plan: establecer un vínculo e intentar averiguar algo más en un ambiente informal.

–Íbamos hacia allá, ¿Y vosotras? –comentó–. Es nuestra hora de comer.

Lucy le sonrió de oreja a oreja.

–Nos encantaría acompañaros un poco, ¿verdad, Rosie?

Hayden se colocó a Josh pegado al hombro, pero el niño volvió a alargar los brazos hacia Lucy. Hayden arqueó una ceja. Josh no solía comportarse así cuando no conocía a alguien, ¿por qué tenía que mostrarse tan confiado precisamente con alguien a quien él estaba investigando?

Lucy se echó a reír y le ofreció la correa de Rosebud.

–¿Qué tal si cambiamos?

Él no se movió. Una cosa era dar un paseo con ella y otra muy distinta dejarle a su hijo. Traspasar los límites personales era peligroso, y era algo que no había hecho nunca antes.

–Papá –dijo Josh, señalando a Lucy–. *Apa*.

Josh quería que Lucy lo llevase en brazos y él quería ver a su hijo feliz. Era su talón de Aquiles.

–Claro –dijo, tomando la correa del perro y dejando que Lucy se quedase con el niño–. ¿Le llevo el bolso mientras sujeta a Josh?

–No hace falta –respondió ella, haciendo cosquillas al niño, que se echó a reír–. Estoy acostumbrada a llevarlo al hombro.

Él asintió y empezaron a andar por el camino que bordeaba el río. Hayden intentó no sentirse físicamente atraído por ella. El comité de investigación del Congreso le había encargado que investigase a ANS, y a Graham Boyle en particular. Y él estaba en un parque, paseando con su hijastra y permitiendo que esta llevase en brazos a su hijo mientras él paseaba al perro de Boyle.

Por no mencionar cómo se le había acelerado el pulso con solo pensar en dar un paseo con ella.

Se aclaró la garganta.

–Señorita Royall…

–Lucy –le dijo ella, mirándolo–. Estamos dando un paseo por el parque. Yo creo que puedes llamarme Lucy.

–Lucy –dijo él.

–¿Sí?

Él la miró con el ceño fruncido.

–¿Sí, qué?

–Ibas a decirme algo cuando te he pedido que me llames Lucy.

Cierto, pero Hayden no recordaba el qué. Se pasó la mano que tenía libre por el pelo. Había interrumpido la entrevista con ella porque se había distraído. Y le estaba volviendo a ocurrir.

Intentó buscar en su mente una manera natural de obtener la información que necesitaba.

–¿Siempre quisiste ser periodista?

–Tal vez no siempre, pero sí desde los dieciséis años.

–¿Y qué querías ser antes de eso?

–La familia de mi padre tiene grandes almacenes –comentó ella con toda naturalidad–. Cuando este falleció, yo heredé sus acciones. Siempre pensé que estudiaría Empresariales y que trabajaría en eso.

A él le entraron ganas de echarse a reír al oírla hablar así. La familia de su padre era de las más ricas del país.

–¿Y tienes relación con esa familia? –le preguntó por curiosidad.

–A veces veo a tía Judith y a su familia –respondió Lucy en voz baja–. Tiene una casa increíble en Fields, Montana, y nos reunimos allí para celebrar cumpleaños y en Navidad.

–Fields es un sitio agradable –dijo él.

Era un lugar conocido por sus pistas de esquí y, sobre todo, porque era donde había nacido el presidente Morrow.

–He pasado muy buenos momentos allí. También voy a alguna junta un par de veces al año y, de vez en cuando, hablamos de alguna obra benéfica.

Hayden la vio tocar con un dedo la nariz de su hijo e intentó procesar toda aquella información. No le cuadraba con la imagen de princesa consentida que tenía de ella.

–¿No habría sido más fácil para ti trabajar en el negocio de la familia Royall? Tienes muchas acciones. No habrías tenido que empezar desde abajo, como en ANS.

Eso era lo que había hecho su esposa, Brooke, trabajar en el imperio bancario de su familia.

Lucy arqueó una ceja.

–¿Qué te hace pensar que me gustan las cosas fáciles?

–La naturaleza humana –dijo él con cierto cinismo–. ¿A quién no le gusta lo fácil?

Ella guardó silencio y solo se oyó gorjear a Josh. Entonces, Lucy miró a Hayden de manera demasiado penetrante y le preguntó:

–¿Escogiste tú el camino más corto?

–No –admitió él.

Aunque no procedía de una familia tan rica como Lucy o Brooke. Su situación era completamente diferente.

–¿Cuánto tiempo hace que eres detective?

–Unos años –respondió él, que no estaba allí para hablar de sí mismo–. ¿En qué estás trabajando ahora?

Ella se cambió a Josh de cadera y le colocó bien el gorro azul.

–¿Es una pregunta oficial?

Hayden se dio cuenta de que Lucy no quería hablarle de su trabajo, pero no le extrañó, era normal en una periodista.

–No, era solo por hablar de algo.

–Entonces, prefiero no contestarte –respondió ella sonriendo–. ¿Habéis venido solo a pasear o llevas algo de comer en esa bolsa?

–Llevo comida. Puedo ofrecerte medio bocadillo de queso y tomate.

Era un hombre de gustos sencillos, prefería comer un bocadillo a ir a un restaurante elegante.

–Puedes comértelo entero, tengo mi comida en el bolso –dijo Lucy.

–Dime que no llevas también una manta –añadió él, sonriendo de medio lado.

Ella frunció el ceño, confundida.

–Una manta no cabría aquí.

–Es que llevas tantas cosas que no me habría extrañado verte sacar una manta –se explicó Hayden.

Poco más adelante, encontraron un trozo de césped debajo de un sauce llorón. Hayden sacó una bolsa de plástico con un paño mojado dentro y le limpió las manos al niño antes de darle un plátano.

–Qué organizado –comentó Lucy, mirándolo con sus enormes ojos color avellana.

–¿Para un padre, quieres decir? –le preguntó él, poniéndose a la defensiva.

–Para cualquiera –respondió ella–. No pretendía ofenderte.

Él asintió. Que no se sintiese seguro de su capacidad como padre no quería decir que Lucy pretendiera ofenderlo. Sonrió para compensarla.

–La niñera lo ha preparado todo. A mí no se me habría ocurrido lo del paño húmedo, así que no ibas tan desencaminada.

Ella tomó un trozo de su barrita de cereales y se lo metió en la boca. Comieron en silencio durante unos minutos.

Lucy se echó hacia atrás, apoyando una mano en el césped.

–¿Josh está con la niñera durante tus entrevistas? –le preguntó después.

–Sí, la he contratado para que lo cuide durante nuestra estancia en Washington. Viene de nueve a cinco.

Lo cierto era que, a pesar de sus dudas, la cosa estaba saliendo bien. Era la primera vez que no tenía cerca a su hermana para que lo ayudase.

–¿Y qué hace Josh normalmente durante el día? –preguntó ella, dándole un trozo de barrita a Rosebud.

–Cuando estamos en Nueva York, va un par de días a la semana a casa de mi hermana, que tiene un hijo de tres años, así que los primos se lo pasan muy bien juntos. Los otros tres días restantes va a una guardería que hay donde yo trabajo, comemos juntos.

Ella sonrió a Josh.

–Suena ideal.

No, lo ideal habría sido que Josh tuviese un padre y una madre que estuviesen con él, que lo quisiesen y que lo tuviesen como el centro de sus vidas, pero incluso antes de la muerte de Brooke, no había sido así. A Hayden se le encogió el estómago. Josh solo lo tenía a él y tenía que conseguir que su niñez fuese lo más bonita posible.

Levantó la vista y vio que Lucy seguía mirándolo. Aquello era demasiado personal. Se preguntó por qué aquella mujer le hacía olvidarse de todo lo que era importante. Lo que tenía que hacer era fijar otra entrevista y escribir una lista completa de preguntas, cosa que no había hecho en años, para asegurarse de que no se desviaba del tema.

Recogió los restos de la comida y los metió en la bolsa de papel marrón.

–A Josh le está entrando sueño. Tengo que llevarlo a dormir la siesta.

–Ha sido muy agradable –comentó ella, tomando el paño mojado para limpiarle las manos al niño–. A lo mejor podemos repetirlo.

Hayden rio con incredulidad. Se levantó y tomó a Josh en brazos. Por suerte, el niño se apoyó en su hombro, cansado.

–Mira, Lucy –dijo él, en tono más brusco de lo que había pretendido–. No sé qué piensas tú del tema, pero la investigación es seria. No he venido a Washington a hacer amigos.

La vio abrir mucho los ojos y se arrepintió de haber utilizado aquel tono de voz.

–Aunque quisiera, no podría –añadió más amablemente.

Ella se levantó también.

–¿Te gustaría ser mi amigo, Hayden? –le preguntó ella arqueando una ceja, con los ojos brillantes.

–En otras circunstancias –enfatizó él–, es posible que hubiésemos podido ser amigos.

Lucy levantó la barbilla.

–Sé lo importante que es la investigación. Y me tomo muy en serio el futuro de Graham, pero quiero que te quede claro que, en otras circunstancias, yo no habría querido ser tu amiga, Hayden, sino que habría intentado conquistarte.

Luego se dio media vuelta y se alejó, con la melena rubia brillando bajo el sol y Rosie pegada a sus talones.

Hayden se había quedado perplejo.

Capítulo Tres

A las cuatro de la tarde del día siguiente, Lucy llamó a la puerta de la suite de Hayden y después giró los hombros para relajar la tensión que tenía en ellos.

Hayden la había llamado una hora antes para pedirle si podía ir a responder un par de preguntas más, y ella había querido aprovechar la oportunidad de volver a verlo para intentar averiguar algo más acerca de él. La vez anterior, Graham todavía no le había pedido que lo investigase, así que ella no se había fijado en los pequeños detalles. En las pistas.

Pero una vez allí, notó que le temblaban las rodillas. Se limpió el sudor de las palmas de las manos en la falda. Aquella era la primera vez que lo veía después de haberle dicho que, si las cosas hubiesen sido diferentes, habría intentado conquistarlo. No sabía si con aquella frase lo había estropeado todo.

Lo cierto era que, después de decirlo, se había sentido como una tonta.

Aunque fuese cierto.

Pero debía tener cuidado. No solo estaban en medio de una investigación muy importante, sino que Hayden Black era el último hombre de la Tierra con el que podría tener una relación. Ya se la juzgaba por ser la hija de Jonathon Royall y la hijastra de Graham Boyle, dos hombres muy conocidos y bien relacionados. Todo el mundo pensaba que había nacido en una cuna de oro. Que no había tenido que esforzarse para conseguir nada. Así que, si la veían con otro hombre poderoso y bien relacionado, como era Hayden Black, un hombre que, además, era unos años mayor que ella, dirían que era una mujer que dependía de hombres fuertes. No se valoraría su trabajo. Con trece años, Lucy se había dado cuenta de lo que la gente pensaba de ella y eso había hecho que decidiese que quería demostrar al mundo entero que podía conseguir sola todo lo que se propusiese.

No. Hayden Black no era para ella. Necesitaba un chico normal, tal vez que estuviese empezando con su carrera, como ella.

La puerta se abrió y apareció ante ella un hombre nada normal, todavía más guapo de lo que recordaba.

–Gracias por venir –le dijo este con voz grave, como si llevase todo el día sin hablar.

Había algo nuevo en su expresión; sus ojos marrones oscuros la miraron con cautela. Al parecer, el día anterior lo había dejado desconcertado. Lucy se relajó un poco. Tal vez, aunque hubiese sido una locura decirle aquello, había funcionado a su favor.

–De nada… –le respondió, entrando en la habitación–. ¿Te llamo Hayden o señor Black, dado que se trata de una entrevista oficial?

–Puedes llamarme Hayden –dijo este, cerrando la puerta tras de ella y acompañándola al mismo escritorio frente al que habían hablado dos días antes.

Lucy miró a su alrededor y tomó nota de todo lo que pudiese serle útil. Además de los papeles que había encima del escritorio y de la taza de café abandonada sobre la encimera de la pequeña cocina, la habitación estaba limpia, no había nada fuera de su sitio.

Aquello era obra del servicio de habitaciones, pero Lucy se dio cuenta de que Hayden quería mantener separados a Hayden, el padre y viudo, de Hayden el duro detective. La misma grabadora de la vez anterior descansaba sobre la mesa. Una grabación siempre era más difícil de malinterpretar que unas notas.

–¿Quieres beber algo? –le preguntó él.

Ella se sentó y dejó el bolso en el escritorio.

–No, gracias.

–¿Estás segura? –insistió Hayden, arqueando una ceja.

Y ella recordó que la anterior vez le había hecho levantarse a por un vaso de agua. Empezó a esbozar una sonrisa, pero entonces sus miradas se cruzaron y Lucy sintió calor. Según iban pasando los segundos, se le puso la piel de gallina. Entonces Hayden apartó la vista y sacudió la cabeza.

–Tengo una botella de agua en el bolso –le dijo ella en un susurro.

Hayden ocupó su sillón como si no hubiese pasado nada entre ellos y murmuró algo parecido a:

–Cómo no.

Ella sacó la botella, un cuaderno y un bolígrafo y lo colocó todo alineado encima de la mesa mientras aprovechaba para tranquilizarse.

–Avísame cuando estés preparada –le pidió él, abriendo el ordenador portátil que tenía delante.

Ella tomó el bolígrafo, escribió la fecha en el cuaderno y sonrió.

–Preparada.

Él asintió, puso la grabadora en marcha y dijo la fecha, la hora y su nombre.

–¿Eres consciente de lo que conlleva haber realizado escuchas telefónicas ilegales? –preguntó directamente.

Lucy se puso recta.

–Sí.

–¿Estás segura de que reconocerías las pruebas de que esas escuchas se han llevado a cabo si las vieses? –volvió a preguntar Hayden, mirándola fijamente.

Lucy se dio cuenta de que estaba leyendo una lista de preguntas que tenía escrita en el ordenador. ¿Sería aquella entrevista más importante que la anterior?

Se inclinó hacia delante y entrelazó los dedos encima de la mesa.

–Supongo que sí.

–Tenemos pruebas de que ANS ha realizado escuchas telefónicas ilegales. Las pruebas contra los experiodistas de la cadena Branden Ames y Troy Hall son irrefutables, los grabaron contratando a *hackers* para que grabasen las conversaciones y la actividad informática de los amigos y familiares de Ted Morrow y de Eleanor Albert. Solo nos queda saber quién más está implicado, y quién está al corriente de todo.

Lucy se sintió intimidada por la inteligencia de los ojos del hombre que tenía delante. Sería un formidable adversario.

Arqueó una ceja.

—Eso, suponiendo que hubiese alguien más implicado, o que alguien más estuviese al corriente, ¿no?

Hayden no respondió a su comentario, sino que volvió a mirar la pantalla del ordenador.

—¿Trabajas habitualmente con Angelica Pierce?

Lucy mantuvo la expresión neutra a pesar del disgusto que le causaba aquella mujer, a la que sí creía capaz de hacer algo inmoral, como pinchar un teléfono. Era una mujer egoísta, vanidosa y mala, pero no estaba allí para contarle a Hayden qué personas no le caían bien.

—A veces hago trabajos para ella.

—¿Y con Mitch Davis? —le preguntó Hayden, mirándola fijamente.

—Mitch tiene su propio programa y es una estrella en ANS. No suelo tener la oportunidad de hablar con él directamente.

Mitch había dado la noticia de la paternidad del presidente en la fiesta de inauguración de su mandato, pero habían sido Brandon y Troy quienes habían descubierto la información. Se habían dejado llevar por la ambición y merecían que todo el peso de la ley cayese sobre ellos pero, que Lucy supiese, habían actuado solos.

–¿Trabajaste con Brandon Ames o con Troy Hall en la noticia de la hija del presidente?

Ella abrió la botella de agua y le dio un sorbo, y luego la cerró antes de contestar.

–Tal y como te dije hace dos días, no.

Él continuó casi sin inmutarse.

–¿Y con Marnie Salloway?

–Marnie es productora de ANS y tiene la autoridad de asignarme tareas –le dijo ella.

–¿Te ha pedido alguna vez que hagas algo ilegal?

–No.

–¿Nada relacionado con escuchas telefónicas?

–Eso sería ilegal –dijo ella en tono dulce–, así que mi respuesta sigue siendo no.

–¿Sabías que tu padrastro y el presidente fueron a la misma universidad durante la misma época?

–Sí.

Lo sabía todo el mundo.

–¿Sabes si había mala relación entre ambos?

No, aunque Graham pensaba que Ted Morrow se había paseado por el campus como si fuese suyo.

–No se movían en los mismos círculos –respondió.

Hayden la frio a preguntas durante veinte minutos más, pero como Lucy no tenía nada que ocultar, no le tembló la voz ni una sola vez.

Cuando él hizo una pausa para beber agua, fue ella quien le preguntó:

–Hayden, ¿de verdad piensas que hay alguien más de ANS implicado, aparte de Brandon y Troy?

–Sí, hay alguien más implicado –dijo él con convicción.

–¿Cómo puedes estar tan seguro?

–Para empezar, ninguno de los dos entendía el proceso lo suficientemente bien como para ser el artífice. Evidentemente, los manejaba alguien más importante.

Lucy frunció el ceño e intentó seguir su razonamiento.

–Yo no soy más importante que ellos.

–No –admitió Hayden, mirándola a los ojos.

Lucy entendió lo que aquella mirada quería decir.

–Me estás utilizando para llegar a Graham –le dijo, incómoda–. No estoy aquí para responder a preguntas rutinarias, como los demás. Piensas que Graham ordenó las escuchas y que yo sé algo que podría implicarlo.

Él encogió un hombro, pero la intensidad de su mirada siguió siendo la misma.

–Podría ser.

Lucy se estremeció. Si el comité estaba seguro de que había alguien más implicado, ANS tendría más problemas de los que ella había pensado. Había una manzana podrida en la cadena y, si el Congreso no averiguaba quién era, seguiría centrándose en Graham.

Tenía que hacer algo.

Golpeó el escritorio con la punta del bolígrafo y se le empezaron a ocurrir ideas.

Apoyó los brazos y se inclinó hacia delante.

–Hayden, tengo una propuesta para ti.

–Te escucho.

–Si hay realmente alguien más en ANS relacionado con las escuchas, y si ese alguien manejaba a Brandon y a Troy, yo también quiero saber de quién se trata. Te aseguro que no es Graham. No es de esa clase de hombres. Pero la única manera de demostrarlo es encontrando al verdadero culpable.

Hayden se echó hacia atrás y se cruzó de brazos.

–¿Qué es exactamente lo que me estás proponiendo?

–Te voy a ayudar con la investigación –le dijo ella–. Puedo ser tu topo dentro, pero no participaré en una caza de brujas. Tiene que haber pruebas reales.

–¿Conseguirás información para mí? –le preguntó él.

–Dentro de unos límites que tendremos que poner.

Él inclinó la cabeza y la miró con curiosidad.

–¿Y a tu padrastro va a parecerle bien?

–No se lo contaré todavía. Es posible que él confíe en alguien en quien no deba confiar, así que, por el momento, nadie en ANS puede saber que te estoy ayudando.

No le gustaba guardarle un secreto de semejante magnitud a Graham, pero, dadas las circunstancias, el fin justificaba los medios. Lo importante era que lo hacía por él.

Hayden se frotó la mandíbula.

—¿Tanto crees en Boyle?

—Y más.

Él golpeó la mesa tres veces con un dedo y luego espiró.

—De acuerdo, estoy dispuesto a intentarlo, a ver cómo sale, pero te tengo que advertir que sigo pensando que Boyle está implicado, y que no voy a olvidarlo solamente porque tú me estés ayudando.

—Entendido.

En ese momento llamaron a la puerta. Hayden se miró el reloj.

—Perdona —dijo, cerrando el ordenador y atravesando la habitación.

Al otro lado de la puerta había una mujer de unos treinta años con una sillita en la que se retorcía Josh. Lucy no pudo evitar sonreír al ver al niño. Era precioso, una versión en miniatura de Hayden.

—¡Papá! —gritó el niño, alargando los brazos hacia él.

—Lo siento —dijo la mujer—. No sabía que estaba ocupado. ¿Quiere que vuelva dentro de un rato?

Hayden levantó a su hijo por los aires y le dio un beso en la cabeza.

—No, ya casi hemos terminado. Puedo quedarme con él.

—De acuerdo —la niñera se despidió de su jefe.

Lucy pensó que habrían formado una bonita familia, y se le encogió el estómago.

Hayden cerró la puerta y empujó la sillita mientras llevaba a Josh con el otro brazo. Cuando el niño vio a Lucy, su rostro se iluminó.

–¡Guau, guau! –gritó.

–Hola, Josh –le dijo ella riendo–. Rosebud está durmiendo en casa.

Josh hizo un puchero un segundo, hasta que se dio cuenta de lo cerca que tenía el rostro de su padre, y empezó a darle en las mejillas.

–Si me das cinco minutos, dejaré a Josh en su parque con un par de juguetes para que podamos terminar –le dijo Hayden a Lucy.

–Por supuesto.

Él abrió la puerta de una de las habitaciones y Lucy se levantó del sillón para seguirlo. En parte porque era una buena oportunidad para averiguar más cosas de él, tal y como Graham le había encargado, y en parte por curiosidad.

El día anterior, en el parque, había llevado ella a Josh casi todo el tiempo y no había tenido la oportunidad de ver interactuar a padre e hijo. Esa tarde vio cómo Hayden dejaba al niño en el parque y le preguntaba qué juguetes prefería. A Lucy le pareció que había algo… extraño. Miró a su alrededor. Había un escritorio lleno de libros sobre bebés.

Se preguntó si Hayden se sentía torpe como padre soltero. Los miró de nuevo y se le encogió el corazón al pensar en lo que habían perdido. Y en lo que estaban pasando.

–Es un niño precioso, Hayden –comentó–. Precioso.

Él miró al niño, que en ese momento le estaba sonriendo de oreja a oreja.

--Sí, lo es –respondió en voz baja.

Entonces, a Lucy se le ocurrió una idea acerca de cómo poder pasar más tiempo con Hayden y con su hijo. Se dijo que tenía que hacerlo porque Hayden bajaba la guardia cuando estaba con Josh y así ella podría averiguar más cosas acerca de él, pero en el fondo sabía que le apetecía pasar más tiempo con ellos.

Solo esperaba que eso no afectase a su capacidad profesional.

–Conozco el mejor parque para dar de comer a los patos de todo Washington. Podría llevar a Rosebud y enseñároslo este fin de semana si tú quieres.

–Mira, Lucy…

–No pasa nada si no te apetece. Es solo que he pensado que a Josh le gustaría ver a los patos. Es un parque estupendo. Y yo voy a llevar a Rosie este fin de semana de todos modos, así que no es ninguna molestia para mí.

Él se frotó el cuello sin apartar la mirada de su hijo y luego sacudió la cabeza.

–Lucy, no está bien que socialice contigo.

–¿Qué tal si empleamos ese tiempo para planear qué es lo que tengo que buscar en ANS? –preguntó ella, colocándose un mechón de pelo detrás de la oreja–. Nos reunimos y, al mismo tiempo, Josh sale un poco de aquí.

Él se pasó las manos por el pelo y después las apoyó en sus caderas.

–Bueno, está bien, pero asegúrate de llevar papel y lápiz, porque vamos a trabajar.

Lucy se puso nerviosa solo de pensarlo. Hayden había dicho que sí. Se preguntó si estaría jugando con fuego.

Se mordió el labio. No, no pasaba nada. Era una buena idea. La mejor que se le había ocurrido. Era su Plan A.

Respiró hondo e intentó calmar a su acelerado corazón.

–¿Puedes recogerme el domingo por la mañana, digamos, a las diez?

–De acuerdo, a las diez –dijo él frunciendo ligeramente el ceño, como si no estuviese del todo convencido.

Ella miró a su alrededor en busca de una hoja de papel.

–Te anotaré mi dirección. No está lejos de…

–Sé dónde vives –respondió él en voz baja.

–Ah, por supuesto.

Era probable que supiese de ella más cosas que muchos de sus amigos, pero eso no le preocupó. Tenía la sensación de que Hayden Black era un buen tipo.

Este la guio fuera de la habitación y, al llegar al escritorio ante el que habían estado sentados unos minutos antes dijo:

–Hemos terminado por hoy.

Lucy recogió sus cosas y las metió en el bolso, contenta de tener algo que hacer.

–Hasta el domingo –le dijo después.

Él abrió la boca para decir algo, pero antes de que le diese tiempo a cancelar su cita, Lucy se marchó.

Dos días después, Lucy estaba sentada con Hayden a la orilla del río Potomac, a la sombra, mientras Josh dormía tumbado en una manta, entre ambos. Le habían dado de comer a los patos, habían paseado y, en esos momentos, Josh estaba cargando las pilas y ellos se habían quedado en un silencio casi cómodo.

Desde que Hayden había pasado a recogerla, había sido como si ambos hubiesen querido obviar el componente social de aquel día. Hayden se había mostrado educado en todo momento, pero distante, y ella lo había imitado. Tenía las habilidades sociales necesarias para tratar con personas ricas, famosas y poderosas, pero con Hayden Black le faltaba seguridad. Habían pasado casi todo el tiempo hablando con o de Josh.

No estaba incómoda solo por la investigación, sino también por la atracción que sentía por él como hombre.

No obstante, había conseguido averiguar un par de cosas más acerca de Hayden. Durante los dos últimos días, sus investigaciones se habían centrado sobre todo en su empresa. Al parecer, el negocio de la seguridad era lucrativo. Al menos, para Hayden Black. La empresa que había fundado un par de años antes facturaba todos los años varios millones de dólares y Hayden era un hombre cada vez más rico. Había estudiado Derecho con una beca militar y después había trabajado como abogado en la policía militar hasta que había dejado el ejército. En esos momentos era un rico padre soltero de un niño de un año.

Lucy miró al niño y recordó haber notado que, dos días antes, Hayden había parecido incómodo al tratar con él. Se humedeció los labios y se atrevió a hacerle una pregunta personal:

–¿Ha sido muy duro convertirse en padre soltero?

Él levantó la cabeza, sorprendido. Luego se apoyó en ambas manos y asintió.

–Lo más duro de toda mi vida.

–Supongo que tu mujer sería la que se ocupaba más del niño antes de fallecer.

Hayden rio con amargura.

–La verdad es que no, Brooke no pasaba mucho tiempo con él. Bueno, le compraba ropa de marca y lo llevaba con ella cuando pensaba que eso le iba a hacer ganar caché –contestó, tapando al niño y poniéndole una protectora mano en la espalda.

–Entonces, ¿lo cuidabas tú? –volvió a preguntarle ella.

–No. Brooke tenía gente para todo, incluido Josh. Ella… –dudó, era evidente que no estaba seguro de cuánta información quería compartir–. Procedía de una familia muy rica y estaba acostumbrada a que la mimasen. Cuando empezamos a salir juntos, no me importó hacerlo, pero después resultó que necesitaba muchas más cosas de las que un único marido podía darle.

Su expresión era irónica, pero era evidente que ocultaba muchas más emociones.

–Tenía limpiadoras, un chef, un entrenador personal y, desde que Josh nació, dos niñeras que estaban en casa veinticuatro horas al día. El niño casi no veía a su madre.

–Oh, Hayden –comentó ella.

Una de las hermanas de su padre, Evelyn, vivía así, pero a Lucy no se le podía ocurrir nada peor que dejar que otras personas se ocupasen de su vida, de su hijo.

–Tenía que haber hecho algo. Tenía que haberme implicado más –dijo Hayden, criticándose, arrepentido–, pero Brooke dijo que los niños eran cosa suya y que los iba a criar como ella quisiera. Del mismo modo que había sido criada ella. Y, odio admitirlo, pero estaba cansado de peleas, así que dejé que hiciese lo que quisiera. Por el bien de todos, incluido el de Josh. Además, la situación se me quedaba grande, era la primera vez que era padre, ¿cómo iba a saber que el modo en que Brooke había sido criada no era el adecuado?

–Supongo que tú creciste en un ambiente muy distinto –comentó Lucy.

–Podría decirse así –respondió él, mirando a Josh antes de apartarle un mechón de pelo de la cara–. Yo pasaba tiempo con él siempre que podía. Jugábamos por las noches, hacíamos cosas cuando tenía el día libre, pero supongo que en parte aceptaba la manera de criarlo de Brooke, porque no intenté cambiarla. Insisto. Fui un idiota.

–Pero ahora estás recuperando el tiempo perdido.

Hayden sacudió la cabeza.

–Me falta mucho para ser el padre que quiero llegar a ser.

–No deberías ser tan duro contigo mismo –le aconsejó Lucy, tocándole el brazo para intentar reconfortarlo–. Es evidente que Josh te quiere, y que es feliz. Lo estás haciendo bien.

–Gracias –dijo él, sonriendo de medio lado y apartando la mirada.

Solía estar tan serio que aunque hubiese sonreído solo a medias, pareció iluminársele el rostro y Lucy se sintió atraída por él.

Bajó la vista a la mano que todavía tenida apoyada en su brazo. Cuando Hayden volvió a mirarla, sus ojos se oscurecieron y respiró con dificultad.

Lucy supo cómo se sentía. De repente, era como si le faltase el oxígeno. Notó el calor de su piel a pesar de la camiseta y fue incapaz de apartar la mano.

Josh suspiró dormido y abrazó todavía más a su osito de peluche. Hayden se puso tenso y lo miró antes de apartar el brazo de la mano de Lucy. Y esta parpadeó varias veces para intentar reorientarse en el mundo que la rodeaba y volver al parque, a la realidad de que había estado a punto de caer en el hechizo de un hombre con el que tenía que guardar las distancias. De un hombre que se sentiría traicionado si se enteraba del verdadero motivo por el que estaban allí.

Hayden se aclaró la garganta.

—Dime por qué estás tan bien con Josh. No tienes hermanos, ni primos o sobrinos. ¿Es algo natural?

Ella miró al niño, que seguía abrazado al osito. Si Hayden todavía no sabía por qué se le daban tan bien los niños, no tardaría en averiguarlo. No había ningún motivo para no contárselo, no era un secreto, pero era algo de lo que no solía hablar. No obstante, quiso que Hayden comprendiese aquella parte de ella.

—Antes de que mi padre muriese —empezó sin apartar la vista de Josh—, me llevaba de voluntaria a un hogar de personas discapacitadas que había fundado. Creía que nuestra riqueza era un privilegio y que teníamos la responsabilidad de ayudar a los demás. También quería que viera cómo viven otras personas.

—Al parecer, era un hombre sabio.

Ella lo miró para ver si había hecho aquel comentario con segundas intenciones, pero su mirada parecía sincera.

Lucy estiró las piernas delante de ella.

—Después de su muerte, mi madre quiso que continuásemos con su labor, pero me dejó que escogiese la organización benéfica que yo quisiese.

—Y como eras la típica niña de diez años, escogiste un sitio con bebés —dijo él, estirando las piernas a su lado.

—Sí.

–¿Qué hicisteis?

–Creamos una clínica gratuita en Carolina del Norte, para madres que tuviesen problemas con sus recién nacidos. Contamos con enfermeras, trabajadores sociales y médicos, y las mamás y sus bebés pueden quedarse un par de noches, hasta una semana, para recibir ayuda a la hora de alimentar a sus hijos, dormirlos, o lo que sea.

Él inclinó la cabeza mientras la miraba.

–Suena muy bien, es una gran obra.

–Sí –admitió ella, sintiéndose orgullosa–. Cuando vinimos a Washington, abrimos otra clínica aquí. Voy casi todos los fines de semana a ayudar. A veces cuido de los niños mientras sus madres descansan, otras atiendo el teléfono.

Aunque no lo hacía por caridad, sino porque le encantaba.

Hayden buscó en la cesta de picnic, sacó una fresa y se la ofreció.

–¿Y la financias tú?

Ella aceptó la fruta.

–Empecé haciéndolo yo, pero estoy intentando que los grandes almacenes se impliquen, para poder abrir más clínicas por todo el país. Tía Judith está dispuesta a ayudarme. El año pasado fui a Montana a hablarle del tema, y pronto le presentaremos el plan a toda la junta.

–Eso es increíble –admitió él–. Has creado algo que hace que el mundo sea un lugar mejor.

Lucy notó que se ruborizaba, sintió calor y le sonrió. Entonces se dio cuenta de que su opinión le importaba más de lo que debería.

Se obligó a apartar la vista. Una cosa era coquetear con él, y otra derretirse por dentro porque admirase sus obras benéficas. Al fin y al cabo, aquel hombre estaba investigando ANS y pensaba que Graham era culpable. Lo último que necesitaba era implicarse emocionalmente con él.

Dobló las piernas y se sentó sobre ellas mientras se recordaba las normas.

Una cosa era flirtear.

Otra, establecer un vínculo emocional.

Tendría que ser más firme a la hora de mantener las distancias. Aunque, si a ella se le olvidaba, lo haría Hayden. Él sí que parecía tener claros los límites.

¿Por qué la molestaba eso?

Capítulo Cuatro

Lucy dejó la fresa en el cesto y se limpió las manos en la falda.

–Con respecto a la investigación, ¿qué es lo que quieres que haga?

Hayden no respondió inmediatamente. La miró de manera intensa, como si pudiese ver dentro de su alma y supiese que estaba cambiando de tema para no hablar de sí misma. Luego, asintió.

–La siguiente persona con la que voy a hablar es Marnie Salloway, dado que fue la productora de la noticia cuando se emitió.

Lucy suspiró aliviada. Volvían a estar en terreno firme.

–¿Y Angelica Pierce? Ella ha sido la que ha presentado la continuación de la historia, podría ser ella.

Había aceptado que existía la posibilidad de que alguien hubiese ayudado a Troy Hall y a Brandon Ames, pero no que ese alguien pudiese ser su padrastro. Cuanto antes lo demostrase aquella investigación, mejor.

–Ahora mismo no me preocupa Angelica –le respondió él–. Ni tampoco Mitch Davis. Ellos solo leyeron sus guiones. Pero Marnie es diferente. Puede haber sido la persona que ordenó las grabaciones, o que filtró la orden, si esta llegó de más arriba.

La suave brisa le puso a Lucy un mechón de pelo en la cara, y ella se lo apartó, colocándoselo detrás de la oreja.

–¿Y no te preocupa que yo avise a Marnie?

–¿Lo harías? –le preguntó Hayden, mirándola con curiosidad.

No parecía preocupado.

–No.

–Aunque lo hicieses, se enteraría por la mañana, cuando yo la llamase para fijar la hora de la entrevista. Y, de todos modos, ya debe de saber que está bajo sospecha, así que no te estoy diciendo nada que sea un secreto de Estado –añadió, encogiéndose de hombros–. ¿Qué piensas tú de ella?

–Te lo digo de manera extra oficial, ¿de acuerdo? Solo por ponerte en antecedentes.

Marnie estaría encantada de tener una excusa para quejarse de ella ante Graham y perjudicarla lo máximo posible, así que Lucy prefería no darle motivos para hacerlo.

–De acuerdo –le dijo él.

–Marnie es grosera y engreída.

La expresión de Hayden no cambió, era como si ya lo hubiese sabido.

–¿Te trata mal?

–No trata bien a nadie que esté por debajo de ella –le contó Lucy–, pero, en mi caso, intenta hacerme la vida imposible.

La mirada de Hayden cambió.

–¿Es la única?

–No, hay todo un club –respondió en tono irónico, sonriendo de medio lado.

No era la primera vez que se convertía en el centro de los celos y el veneno de otras personas, y sabía que no sería la última, pero había aprendido a que no la afectase.

–¿Se lo has contado a Graham? –le preguntó Hayden.

¿Contárselo a Graham? A Lucy le entraron ganas de echarse a reír.

–Que sea familia del dueño no significa que pueda acudir a él siempre que tengo problemas.

Hayden frunció el ceño.

–Yo creo que lo que está ocurriendo es que te tratan peor porque eres familia del dueño –argumentó él–. Y si cualquier otro empleado tendría derecho a quejarse si lo acosasen en el trabajo y tú no sientes que lo tengas, te estás discriminando.

–No pasa nada –respondió ella sonriendo.

No necesitaba su comprensión, ni que nadie la defendiese. Era una chica grande, tenía las riendas de su vida. Ser el blanco de personas como Angelica o Marnie formaba parte de su privilegiada vida y podía soportarlo.

Hayden inclinó la cabeza y la estudió con la mirada.

–¿Te ofreció Graham el puesto de reportera júnior?

–Me ofreció un puesto de periodista a tiempo completo. Cuando lo rechacé, quiso ponerme de presentadora los fines de semana.

–Lo habrías hecho bien.

–Me gustaría conseguirlo, por supuesto, pero quiero ganármelo y ser buena de verdad.

–No eres como esperaba –comentó Hayden, a punto de esbozar una sonrisa.

–Ni tú –admitió ella, aunque en el fondo no había sabido qué esperar.

No había pensado que sería tan considerado, ni tan intuitivo. Y, sobre todo, no había imaginado que la atraería tanto. Sintió la química que había entre ambos incluso en ese momento.

Él se aclaró la garganta.

–Volviendo a Marnie, ¿podría estar implicada?

–Bueno, sí, podría estar implicada, pero que sea mala persona y que haya tenido la oportunidad no quiere decir que haya infringido la ley.

Hayden se frotó la barbilla.

–Desde tu punto de vista, desde dentro, ¿piensas que Ames y Hall pudieron obtener la información de manera ilegítima sin que Marnie se enterase?

–Sí, es posible.

–¿Posible, pero poco probable?

Ella se encogió de hombros.

–A no ser que sospechase que alguien tenía fuentes fraudulentas, supongo que le habrá pillado por sorpresa. Las cosas en una cadena de noticias van tan deprisa que nadie puede supervisarlo todo.

Él asintió lentamente, pensativo.

–Estaría bien que me consiguieses algo sobre Marnie antes de que me reúna con ella. Algo que no quiera admitir.

Lucy arqueó una ceja. Lo miró y se dio cuenta de que no podría negarle casi nada.

–Veré lo que puedo hacer.

Había oscurecido cuando Hayden detuvo el coche delante de casa de Lucy. La única luz que había procedía de una farola cercana. A Hayden le sorprendió ver dónde vivía. Se había imaginado un ático en una zona céntrica. Siempre que pensaba que la tenía clasificada, lo sorprendía con algo nuevo.

Eso no debía gustarle tanto.

Lucy no debía gustarle tanto. Pero le gustaba. Estaba deseando oír sus siguientes palabras, ver qué hacía. Cuando la tenía cerca, le costaba mirar a otra parte, era como si Lucy tuviese un aura a su alrededor. Y cada vez que la miraba a la boca y veía cómo se humedecía los labios, sentía calor. Mantener con ella una distancia profesional le estaba resultando cada vez más difícil.

Apagó el motor y echó el freno de mano.

–Sacaré a Josh de su sillita y te acompañaré hasta la puerta.

–No lo molestes. Está dormido –respondió Lucy en voz baja, girándose a mirar al niño–. Y tampoco quiero que lo dejes solo. Estoy al lado de casa. Sinceramente, puedo ir sola. Lo hago siempre.

Él no supo si dejarse llevar por su caballerosidad o por su instinto paternal, pero miró a Josh por el espejo retrovisor y ganó el segundo. Además, tal vez debiese evitar acompañarla hasta la puerta. Aquello no era una cita, pero no sabía si sería capaz de resistirse a besarla.

—Llámame en cuanto estés dentro. Yo esperaré aquí.

—Es muy amable por tu parte.

¿Amable? A Hayden le entraron ganas de echarse a reír. Sus pensamientos no eran en absoluto amables. En esos momentos estaba deseando desnudarla poco a poco, sabía que debajo de la ropa su piel sería suave y…

Se aclaró la garganta e intentó pensar en otra cosa, pero no funcionó. Tenía que decir algo.

—Gracias por hoy. Josh lo ha pasado muy bien.

—Yo también lo he pasado muy bien —respondió ella en un susurro.

Hayden miró sus labios y empezó a inclinarse hacia delante, pero se controló y se quedó inmóvil. Lucy se dio cuenta de cuál era su intención y se le dilataron las pupilas. Se le había acelerado el pulso.

Y él seguía inmóvil. Hacía mucho tiempo que no sentía un deseo tan intenso. Y lo único que quería era ceder a él, abrazar a Lucy y disfrutar de las emociones que esta le evocaba.

Pero entonces se acordó de que tenía que llevar a cabo una investigación y que cualquier relación con Lucy Royall podía comprometer su objetividad. Y comprometerlo a él. Tenía que poner distancia entre ambos.

Apretó la mandíbula y retrocedió muy despacio.

—¿Hayden? —preguntó ella casi sin aliento.

Él agarró el volante con tanta fuerza que le dolieron los dedos.

–¿Sí?

–¿Ibas a besarme?

A él se le detuvo el corazón. Tenía que haber imaginado que Lucy no era de las que dejaban pasar las cosas.

–Durante un momento, antes de pensármelo mejor –admitió.

–Ojalá lo hubieras hecho –le dijo ella.

Y Hayden siguió deseándola, pero no podía ceder. No podía.

Maldijo entre dientes y cerró los ojos.

–No digas eso.

–Es la verdad –continuó Lucy.

Él abrió los ojos y la vio humedeciéndose los labios.

–Me preguntaba cómo sería besarte –insistió ella.

–Lucy, no –le pidió él en tono brusco. No podría controlarse mucho tiempo más.

–¿Cómo besas, Hayden? ¿De manera suave y cariñosa? ¿O firme y exigente?

Él gimió y apoyó la cabeza en el asiento. ¿Por qué le estaba haciendo Lucy aquello?

–No puede ocurrir –gruñó–. No puedo poner en peligro mi objetividad.

–¿Y si no se lo cuento a nadie?

A Hayden aquello le sonó a tentación, a invitación. Por un momento, se preguntó si podía hacerlo. Se estremeció. ¿Podía hacerlo? Miró por la ventanilla, buscando un signo, tal vez un permiso.

En su lugar, vio una moderna calle de Washington, y eso lo puso en su sitio.

Estaba en Washington.

Había ido allí a hacer un trabajo. Para el Congreso, ni más ni menos.

Se frotó la cara con ambas manos y volvió a centrarse en lo que era importante. Entonces se giró a Lucy para asegurarse de que ella también lo entendía.

–Yo lo sabría. Y las cosas entre nosotros tendrían que cambiar.

Ella sonrió de medio lado.

–¿No crees que ya están cambiando con esta conversación?

–Yo he intentado no tenerla.

–Vaya –dijo ella, mordiéndose el labio inferior–. ¿Y qué hacemos ahora?

No parecía en absoluto arrepentida.

–Fingir que no ha ocurrido.

Era la única posibilidad.

Hubo varios segundos de silencio y Lucy lo observó con las cejas arqueadas.

–¿Y si yo no puedo?

–No volveremos a hablar del tema.

–¿Podrás hacerlo? –le preguntó Lucy.

–Sí.

Aunque jamás podría borrar de su mente aquellos momentos. No podía evitar pensar en besarla. Ni podría evitar soñar con ello.

Lucy tomó su bolso del suelo del coche y se lo pegó al pecho.

–Debería irme a casa.

–Sí –gimió él. Luego se aclaró la garganta–. Será lo mejor para todo el mundo.

–De acuerdo.

Lucy abrió la puerta del coche y solo miró atrás un segundo.

Hayden hizo un enorme esfuerzo, pero la dejó marchar. La vio entrar en casa y apoyó la cabeza en el volante; se maldijo. Había sido un tonto al bajar la guardia y haber pensado en besar a una testigo clave. ¿Qué clase de detective era?

Su teléfono sonó y vio el número de Lucy en la pantalla.

–¿Ya estás dentro?

–Sí, y he cerrado con llave –le respondió ella con voz dulce.

Hayden cerró los ojos y todo su mundo se redujo a la voz de Lucy.

–Bien –fue lo único que consiguió decirle.

–Hayden, con respecto a esa conversación que no debíamos haber tenido…

Él supo que debía colgar, que se arrepentiría de aquello, pero no pudo evitar contestarle:

–¿Sí?

–Que yo me alegro de que la hayamos tenido. Aunque habría preferido que me besaras.

Él se pellizcó el puente de la nariz y volvió a hacer un esfuerzo.

–Buenas noches, Lucy.

–Buenas noches, Hayden.

Él colgó, tiró el teléfono al asiento del copiloto y arrancó el coche. Si no tenía cuidado, aquella investigación acabaría con él.

Tres noches después, Lucy estaba en la suite de Hayden, sentada con las piernas cruzadas en uno de los sofás, rodeada de papeles, notas escritas a mano y fotografías. Hayden estaba en el otro sofá, con las piernas estiradas delante de él, repasando un montón distinto de pruebas.

La miró. Estaba despeinado de tanto pasarse las manos por el pelo.

–¿Has hablado con los recepcionistas?

Durante los tres últimos días, Lucy había estado con muchas personas de ANS, con personas que podían haberse enterado de algo, o a las que Marnie y sus amigos habían tratado mal. Ese mismo día le había pedido a Jessica, la secretaria de Graham, que comiese con ella y con otras secretarias. Le había dicho que, como era la hija de Graham, le estaba costando mucho hacer amigos.

–He oído muchos cotilleos acerca de quién se acuesta con quién. No tenía ni idea de que hubiese tanta actividad sexual en la cadena.

Él arqueó una ceja.

–¿Algo interesante?

–¿Por qué me lo preguntas? ¿No te gustará alguien de ANS? –le preguntó ella en tono inocente.

La mirada de Hayden se oscureció, pero contestó con toda naturalidad:

–Estaba pensando en la investigación. Ya lo sabes.

Lucy lo sabía, pero flirtear con Hayden Black le resultaba peligrosamente divertido.

–Si estamos hablando de la investigación, al parecer Marnie tuvo un lío con Mitch Davis. Dado que no pensamos que Mitch tenga nada que ver con la investigación, salvo que fue el que dio la noticia en la fiesta de inauguración, no debe de ser importante.

–¿Ames o Hall se han acostado con alguien?

–Brandon Ames salía con una de las chicas de contabilidad, pero esta lo dejó cuando se enteró de lo que había hecho. Dudo que esté implicada.

–¿Y Hall?

–Nadie ha oído nada de él. Si ha salido con alguien, habrá sido de fuera de ANS.

Hayden juró entre dientes.

–Tal vez era demasiado esperar que una aventura nos llevase hasta otro culpable, pero gracias por intentarlo.

–Me he hecho amiga de una de las guardias, bueno, en realidad, ha sido Rosebud, y espero volver a verla mañana por la noche. A lo mejor sabe algo de alguna reunión a altas horas de la noche.

–Rosebud es muy práctica –comentó Hayden en tono seco.

Y ella se preguntó si se habría dado cuenta de que había utilizado al animal para acercarse a él aquel primer día en el parque.

Sonrió con inocencia.

–Sí que lo es.

También era práctico relacionarse con otros

periodistas. Esa mañana había hablado con un amigo de la carrera que se había ido a trabajar a un periódico de Nueva York. Le había pedido que hiciese algunas llamadas e intentase averiguar algún secreto del pasado de Hayden. Su amigo le había preguntado a alguien que conocía a sus suegros y, al parecer, estos no lo apreciaban mucho. Habrían preferido que su hija se casase con alguien de su clase, no con un chico que no era nadie. Lo único que les parecía bien era que había puesto el dinero que había heredado de su difunta esposa en un fondo fiduciario para Josh. Aquello no era nada fuera de lo común, pero al menos Lucy iba teniendo más información.

Repasó un par de documentos más que tenía cerca, documentos que ya había leído, buscando algo que se les hubiese escapado, hasta que Hayden levantó la vista y comentó:

—¿Sabías que Angelica lleva lentillas?

—No me sorprende, pero no, no lo sabía.

Pensándolo bien, el azul de los ojos de Angelica tenía un tono muy inusual.

Hayden dejó los papeles que tenía en la mano y tomó su taza de café.

—¿Por qué dices que no te sorprende?

—Porque es vanidosa, y no le gusta que nadie la vea si no está bien maquillada. El resto de presentadores suelen ir impecables cuando están grabando, pero fuera les da más igual.

Él volvió a dejar la taza en la mesita del café.

—Probablemente no signifique nada, pero no me fío de ella.

–Yo tampoco –añadió Lucy, que la había visto comportarse de manera desagradable y vengativa–. ¿Piensas que podría estar involucrada?

–Es poco probable –dijo él con frustración–. Si hubiese descubierto ella la noticia, no habría permitido que Ames y Hall se llevasen todo el mérito. Es ambiciosa y, siendo la noticia más importante del año, habría querido ver su nombre en ella.

Hayden tenía razón. Lo que significaba que volvían a estar como al principio. Bueno, no exactamente, porque habían eliminado algunas pistas falsas.

Lucy apoyó las manos en sus riñones y se estiró. Entonces vio con el rabillo del ojo que Hayden la estaba observando y se le aceleró el pulso. Giró ligeramente la cabeza, solo lo suficiente para que este se diese cuenta de que sabía que la estaba mirando, pero él no apartó la vista, sino que su mirada se hizo más intensa. A Lucy se le secó la boca y se humedeció los labios. Y él la vio hacerlo también. Entonces suspiró muy despacio y miró hacia otro lado, acabando así con la tensión. Ella intentó relajarse también. No le convenía nada encapricharse de Hayden Black.

¿Qué era lo que se suponía que tenía que hacer? Centrarse en la investigación. ¿Quién más podía haber ayudado a Troy y a Brandon si no había sido Angelica?

Se frotó el rostro con ambas manos para intentar centrarse.

–Si hay alguien más implicado, tendría sentido que fuese algún periodista veterano.

Él buscó entre los papeles un cuadro que había hecho dos noches antes.

–Vuelve a decirme quién estaba por encima de Ames y de Hall.

Ella se cambió de sofá y miró el cuadro. Notó el calor que emanaba el cuerpo de Hayden.

–La línea de responsabilidad es esta –dijo, señalando con un dedo.

Al hacerlo, la sensible piel de su muñeca rozó el antebrazo de Hayden y se estremeció.

Oyó que él respiraba hondo, levantó la vista y se dio cuenta de que la estaba mirando a los ojos. Por un tenso momento, ninguno de los dos se movió, y el único sonido que oyó Lucy fueron los latidos de su propio corazón. Lo tenía tan cerca…

–Lucy, no podemos –le advirtió él con voz profunda.

Ella se dio cuenta de que se sentían los dos igual, y eso tuvo el efecto contrario del que Hayden había deseado. Nunca se le había dado bien cumplir las normas ni hacer lo que le decían. Alargó la mano y le tocó la barba que le había salido durante el día para ver qué sensación le provocaba, cómo era tocarlo. Él tenía la mandíbula apretada.

–Me preguntaba cómo sería tocarte –le dijo ella–. Y estaba deseando hacerlo.

Él puso gesto casi de dolor.

–Deberías tener más cuidado con lo que deseas.

–He tenido cuidado –murmuró ella.

Bajó la mano por la columna de su garganta.

–Ahora mismo lo que deseo es volver a hacerlo.

Hayden se quedó inmóvil; el único movimiento de su cuerpo era el subir y bajar del pecho con la respiración.

–Te prometo, Lucy, que agotas la paciencia de un santo –le dijo, bajando la mirada a sus labios–. Y odio admitirlo, pero no soy ningún santo.

Metió por fin la mano entre su pelo y la dejó apoyada en la nuca, se la masajeó suavemente y Lucy notó que le ardía la piel.

–Todavía no me arrepiento –comentó ella en voz baja.

Y Hayden se inclinó hacia delante y sus labios rozaron los de ella. Fue solo una caricia, pero que la dejó temblando.

–Hayden –susurró.

Se estremeció porque no podía desearlo más.

Él volvió a besarla y Lucy pensó que nunca había sentido algo igual. Cuando su lengua la tocó, un calor intenso explotó en su interior y decidió sentarse en su regazo. No obstante, seguía sin estar lo suficientemente cerca de él. Por fin la estaba besando, después de haber pasado varios días esperándolo y las noches soñando con ello. La estaba besando apasionadamente, y ella se estaba derritiendo por dentro.

Hayden gimió y rompió el beso, y ambos intentaron recuperar la respiración, pero Lucy no dejó de tocarlo. No podía hacerlo. La piel de su cuello, donde terminaba la barba, era sorprendentemente suave y estaba muy caliente. Metió la mano por debajo del cuello de su camisa porque necesitaba sentir la fuerza de sus hombros, pero antes de que le diese tiempo a llegar a ellos, Hayden la empujó de la nuca hacia él, para volver a besarla.

–Es muy mala idea –murmuró mientras besaba las comisuras de sus labios.

–Estoy de acuerdo –admitió ella.

–Pero no puedo evitarlo –añadió Hayden.

–Yo tampoco –gimió Lucy.

Él juró entre dientes y luego se echó a reír.

–Tenía la esperanza de que fueses tú la sensata.

Ella le mordisqueó el lóbulo de la oreja.

–Ser sensato no es nada divertido.

–Estoy empezando a darme cuenta –respondió él, tumbándola en el sofá y colocándose encima para besarla en el cuello–, pero si hacemos esto…

–¿Sí?

Él se apoyó en ambas manos para levantar el peso de su cuerpo.

–Si hacemos esto, antes tenemos que poner un par de normas.

–Lo que tú digas –respondió ella, intentando hacer que volviese a tumbarse encima de ella.

Pero él no se movió.

–Lo digo en serio, Lucy.

–Ya lo veo –dijo ella suspirando y sentándose.

Al parecer, iban a tener una conversación, lo quisiera o no.

71

Capítulo Cinco

–A ver, las normas –dijo Lucy, apoyando las manos en el pecho de Hayden, que estaba sentado a su lado en el sofá.

Él tragó saliva y Lucy observó cómo su nuez subía y bajaba.

–Solo puede ocurrir una vez.

Ella le desabrochó el primer botón de la camisa.

–Por supuesto.

No quería pensar en el futuro, estaba demasiado ocupada disfrutando el presente, así que si Hayden pensaba que se iba a poner a discutir con él acerca de un posible futuro juntos, estaba muy equivocado.

Él tenía las manos apoyadas en las caderas de Lucy, la tenía bien agarrada.

Lucy notó su corazón acelerado a través de la camisa.

–Nadie puede enterarse.

–No se lo diré a nadie –le aseguró, desabrochándole el segundo botón.

Y después el tercero y el cuarto. Vio una capa de vello oscuro en su pecho.

–Y –añadió Hayden–, ambos tenemos que prometer que no lo utilizaremos contra el otro si las cosas se ponen feas con la investigación.

Ella se detuvo un instante y lo miró a los ojos.

–No, claro que no.

Él frunció ligeramente el ceño y le dijo:

–No sabes si yo podría utilizarlo en mi beneficio.

–No lo harás.

Hayden Black era un hombre honrado. Y caliente.

–¿Trato hecho? –le preguntó este con voz tensa, mirándola fijamente a los ojos.

–Trato hecho –le contestó Lucy, casi sin pensar en lo que estaba aceptando, siempre y cuando consiguiese que Hayden la volviese a besar.

Él la abrazó y la besó por fin. Lucy gimió de placer y puso los brazos alrededor de su cuello para no darle la oportunidad de volver a distanciarse. Quería pasarse días con él así, y la realidad estaba haciendo justicia a todas sus fantasías. La pasión. Sus fuertes músculos, el sabor de sus labios. A Lucy le ardió la sangre.

Cuando se separaron para respirar, él la miró con cierta satisfacción y Lucy se estremeció.

–Lucy –le dijo con voz ronca–. Te deseaba tanto que pensaba que me iba a volver loco.

Ella sonrió, contenta de no ser la única que se había sentido atormentada.

–No he podido pensar con claridad desde que te conocí.

Hayden la sentó en su regazo y ella colocó las piernas alrededor de su cintura y se apretó contra él lo máximo posible. Notó su erección contra el vientre y se intentó acercar todavía más.

Rápidamente, él empezó a desabrocharle los botones de la blusa y se la abrió, la besó en los hombros y bajó la prenda por sus brazos antes de arrugarla y tirarla a la otra punta de la habitación.

–Tienes la piel muy suave, deliciosa –le dijo mientras pasaba los labios por la curva de su cuello.

Entonces le desabrochó el sujetador y lo tiró en la misma dirección que la blusa. Lucy notó el aire frío en los pechos, pero la intensidad de la mirada de Hayden lo compensó. Sus dedos calientes le acariciaron el escote y siguieron bajando. Ella arqueó la espalda, solo podía pensar en él y en la exquisita tortura que le estaba proporcionando. Cuando tomó uno de sus pezones con la boca, Lucy lo agarró de la cabeza y lo apretó contra ella.

Una de sus grandes manos le apretó un pecho con cuidado y ella cerró los ojos para concentrarse completamente en el placer que Hayden le estaba procurando.

–Tienes mucho talento –le dijo con la respiración entrecortada.

–Es el deseo lo que me motiva –respondió él.

Lucy le quitó la camisa para poder acariciarle el pecho. Después pasó los dientes por sus bíceps y notó cómo Hayden se estremecía. Aquello era demasiado, pero no suficiente.

Él metió la mano entre ambos para desabrocharle los pantalones y, cuando sus dedos acariciaron las braguitas de satén, ella echó las caderas hacia delante para recibirlos. Nunca había deseado tanto a alguien.

Hayden cambió de postura y la tumbó en el sofá, y después se colocó encima. El tiempo pareció detenerse mientras Lucy lo estudiaba con la mirada; aquella belleza masculina era suya esa noche. Jamás olvidaría su imagen, ni cómo la hacía sentirse. Supo que sería un recuerdo que guardaría siempre, un punto de inflexión en su vida. Ya nada volvería a ser lo mismo. Nada.

–Hayden –susurró y, de repente, el mundo volvió a ponerse en marcha.

Él inclinó la cabeza para besarla apasionadamente. Lucy lo abrazó con las piernas por la cintura y arqueó la espalda para pegarse a él, saboreó la sensación de tener su cuerpo contra el de ella. Hayden apretó la erección contra su cuerpo y le dijo:

–Supongo que en ese saco sin fondo que es tu bolso debes de llevar preservativos.

Y Lucy se quedó helada de repente.

–No –respondió, repasando mentalmente el contenido de su bolso–. ¿Tú no tienes ninguno?

Él juró entre dientes y se incorporó.

–Ni idea, pero espero que sí.

Se deshizo de los pantalones vaqueros y fue al cuarto de baño. Lucy se quedó sola y barajó sus opciones. Podían ir corriendo a una farmacia, pero tardarían demasiado. Además, no quería salir de aquella habitación a no ser que hubiese un incendio. También podían ir a su casa, donde sí tenía preservativos, pero Josh estaba dormido y no podían dejarlo solo. También podían llamar a recepción y preguntar…

Hayden reapareció con un preservativo puesto y sonriendo de oreja a oreja. Ella se quitó los pantalones y las braguitas y esperó ansiosa a que llegase a su lado.

–Menos mal –comentó mientras él volvía a cubrirla con su calor–. Ya estaba barajando nuestras opciones y todas me parecían ridículas.

–Ya me las contarás luego –le dijo él, mordisqueándole el lóbulo de la oreja.

–Sí, luego te las cuento. Ahora tenemos cosas mucho mejores que hacer con nuestras bocas.

Hayden la besó, le mordisqueó los labios y se los chupó hasta que Lucy empezó a retorcerse bajo su cuerpo.

–Venga –le rogó–. No me hagas esperar más.

Él alargó el momento unos angustiosos segundos más y luego la miró a los ojos y la penetró de un solo empellón. Lucy notó como el mundo se tambaleaba a su alrededor y se sintió viva. Levantó las caderas hacia él y saboreó la sensación. Entonces Hayden empezó a moverse y ella se perdió en el baile de sus cuerpos, incapaz de hacer otra cosa que no fuese imitar el ritmo que él había establecido y dejarse llevar por las sensaciones.

Subió más alto que las estrellas y la voz de Hayden en su oído, diciéndole que era preciosa, que aquello era increíble, la hizo volar todavía más. El ritmo que habían creado juntos era pura magia y Lucy sintió que todo su cuerpo ardía. Las palabras de Hayden se volvieron más intensas, más provocadoras, y ella le clavó los dedos en la espalda y se aferró a él. No quería que aquello terminase nunca. Los movimientos empezaron a hacerse más rápidos y fuertes y ella notó como una ola de placer la invadía. Gritó su nombre al explotar por dentro y casi no se dio cuenta de que Hayden llegaba al clímax poco después.

Tumbado en el sofá, Hayden clavó la vista en el techo. Tenía a Lucy apretada contra su cuerpo. Aquella debía de ser la mayor tontería que había hecho en toda su vida, y eso que había hecho muchas.

Había sido una experiencia increíble, sí, pero una estupidez.

Solo había establecido previamente unas normas para creerse con más derecho a acostarse con ella. Le gustaba, tal vez demasiado, pero Lucy le estaba mintiendo para encubrir a su padrastro. Al fin y al cabo, había admitido que haría cualquier cosa por salvar a Graham Boyle.

Sabía que Lucy también lo deseaba, el deseo que había visto en sus ojos le había parecido algo muy bello, pero no sabía si sería capaz de utilizar aquello para proteger a Boyle en caso de no tener otra opción. Se le encogió el estómago. Quería pensar que no, pero era evidente que, cuando se trataba de Lucy, no era capaz de pensar con claridad.

Aunque no estuviese mintiendo para proteger a su padrastro, era diez años más joven que él. Hayden también había tenido veintidós años y sabía cómo era aquella edad. Pero en esos momentos tenía treinta y dos y un hijo. Lucy y él estaban en momentos completamente distintos de la vida. Volvió a llamarse idiota en varias versiones más.

Tal vez lo más sensato fuese dejar que otra persona de su empresa siguiese con la investigación. Él tenía en esos momentos un conflicto de intereses, pero estaba tan cerca de encontrar la clave del caso que no podía permitirse perder el tiempo pasándole el caso a otro detective. Ese tiempo podía ser el suficiente para que Boyle se les escapase. No, lo que haría sería mantener las distancias con Lucy a partir de entonces y no permitir que su integridad profesional se viese afectada por lo ocurrido.

Esta se movió a su lado y se apoyó en el codo para mirarlo mientras sonreía satisfecha.

–En otras circunstancias… –empezó, pero él la interrumpió.

–En otras circunstancias, también habría sido solo una noche –le dijo, intentando hacerlo con voz amable.

No era de buena educación rechazar a una mujer nada más haberle hecho el amor.

Decidida, Lucy inclinó la cabeza y añadió:

–Yo creo que ha estado bien. Es evidente que habría sido mejor en una cama, pero tienes que admitir que ha habido momentos gloriosos.

Él se estremeció solo de pensarlo.

–Lucy, ha sido increíble –admitió, tomando su rostro con una mano–. Todo ha sido increíble.

–Pero no querrías que volviese a ocurrir aunque las cosas fuesen diferentes.

–Oh, cielo, tendría que estar loco para no querer volver a estar contigo –le dijo–, pero mi vida es un desastre. Ahora mismo, soy la única familia que tiene Josh, y se merece que su padre se centre en él. Además, he estado una época un poco disperso y esta investigación es muy importante para mi carrera. No tengo tiempo para experimentar con relaciones.

Ella arqueó una ceja.

–Yo no te he pedido que tengamos una relación estable.

–Lo sé –admitió Hayden, pasándose una mano por el pelo e intentando pensar–. Lo siento. Ha sido culpa mía. No debí haber permitido que ocurriese.

–Ha sido cosa de dos, Hayden –le dijo ella con una cierta de impaciencia. Y se sentó.

–Pero uno de los dos piensa que la sensatez está sobrevalorada. Yo también lo hacía a tu edad. Por eso soy yo el que tenía que haber pensado en las consecuencias.

Ella se quedó inmóvil y su mirada se volvió fría.

–No volverá a haber ningún problema.

Se levantó y empezó a recoger su ropa.

Hayden apoyó la cabeza en el brazo del sofá. La había ofendido llamándola niña. No podía haberlo hecho peor.

–Lucy…

–No, tienes razón –le dijo ella, poniéndose la blusa y los pantalones–. Hemos sido unos irresponsables. No volverá a ocurrir.

Cuando llegó a la puerta, a Hayden no le había dado tiempo a responder. Atravesó la habitación mientras se abrochaba los pantalones vaqueros y apoyó una mano en la puerta para cerrarla. Ella apoyó la frente en la madera, todavía con la mano en el pomo.

–Lucy, he metido la pata hasta el fondo –fue lo único que pudo decir, ya que su cerebro todavía no funcionaba del todo después de haber tenido el mejor sexo de toda su vida.

Ella siguió con la cabeza agachada.

–Sí.

–Puedes herir mis sentimientos si quieres.

Lucy se echó a reír y después suspiró.

–¿Qué quieres que te diga, Hayden? Solo querías que ocurriese una vez, así que me marcho con la intención de no permitir que se repita. Estoy cumpliendo tu deseo, así que no entiendo por qué no me dejas salir por la puerta.

–Quiero que todo esté bien entre nosotros. No quiero que te marches así.

Se le solía dar bien limar asperezas con la gente, disipar sus inquietudes. Era algo muy útil durante las investigaciones. No obstante, al acostarse con Lucy Royall había sobrepasado todos los límites y, además, la había ofendido. Y no sabía cómo arreglarlo, en eso no tenía experiencia. Le dolía la cabeza.

Miró su pelo rubio, apoyado en la puerta blanca, y se maldijo. Le gustaba Lucy y no podía permitir que se marchase de allí dolida.

–Me dijiste que me ayudarías con la investigación –le dijo muy despacio–. Y no lo harás si te marchas así.

Ella se metió el pelo detrás de las orejas y lo miró. Su sonrisa era poco convincente.

–Todo está bien entre nosotros.

Hayden la agarró de los brazos y la miró a los ojos para convencerse de que le decía la verdad.

–¿Estás segura?

–Al cien por cien.

–Demuéstramelo.

Retrocedió y la soltó para que se marchase si quería hacerlo, pero con la esperanza de que no lo hiciera. Si salía por esa puerta se llevaría con ella el calor de aquella habitación.

Pero Lucy no se marchó; en su lugar, le preguntó:

–¿Cómo quieres que te lo demuestre?

–Teniendo una conversación normal conmigo. Mañana tienes que declarar ante el Congreso, necesitas estar en plena forma para hacerlo. Vamos a hablar de ello.

–Muchas gracias, pero no hace falta. Me ceñiré a la verdad y no habrá ningún problema –respondió ella, repitiendo lo que habían hablado en su primera reunión y sonriendo.

Él espiró aliviado.

–Ese siempre es un buen principio.

–¿Tú estarás allí?

–En el fondo de la sala, así que es probable que ni me veas. Te llamaré por la tarde.

–De acuerdo, hasta entonces –le respondió ella, abriendo la puerta para marcharse.

Y, en esa ocasión, Hayden la dejó ir a pesar de la presión que sentía en el pecho.

Lucy se subió a un taxi y le dio al conductor la dirección de ANS. Acababa de declarar en el Congreso y estaba agotada. Necesitaba una magdalena, preferiblemente de chocolate, pero sabía que Graham la estaría esperando. Se sentó y apoyó la cabeza en el respaldo; no pudo evitar repasar las preguntas que le habían hecho y sus respuestas.

No podía dejar de recordar una en concreto:

−¿Conoce usted a Nancy Marlin?

Había dicho que no, pero en esos momentos no estaba tan segura. Cerró los ojos, respiró hondo e intentó pensar solo en aquel nombre.

Le sonaba, estaba a punto de recordar de qué… pero no pudo. Abrió los ojos y tomó el teléfono para llamar a Hayden.

−Lo has hecho bien −le dijo este nada más descolgar.

Lucy estuvo a punto de sonreír al oír aquello, pero se contuvo a tiempo. Tenía que guardar las distancias con Hayden Black. Era lo que tenía que haber hecho la noche anterior, no, desde el primer día, pero todavía más después de haber hecho el amor con él. Había sido un error hacerlo mientras lo investigaba para Graham. Si Hayden se enteraba de lo que estaba haciendo, se sentiría traicionado. Pero Lucy estaba segura de que él encontraría al culpable antes de que ella encontrase algo oscuro sobre su pasado. Mientras tanto, la distancia emocional era la clave. Puso los hombros rectos.

–¿Dónde estás? –le preguntó, mirando por la ventanilla para ver dónde estaba ella.

–En el pasillo, delante del despacho del senador Tate.

–Me he acordado de algo más.

–Nos vemos en mi hotel en quince minutos –le respondió él, entrando inmediatamente en modo profesional.

Ella se acordó de lo que habían hecho allí la noche anterior y sintió calor, pero solo necesitó pensar en cómo se había marchado para tranquilizarle. Tal vez no debía haberlo llamado.

–¿Lucy?

No, había hecho lo correcto. Hayden era el detective del Congreso, la persona a la que debía contárselo. Solo necesitaban reunirse en otro lugar que no fuese su hotel.

–Tengo magdalenas en casa, mejor ven tú allí –le dijo.

–En mi hotel. Compraré magdalenas por el camino –respondió él justo antes de colgar.

Cuando Hayden llegó a su suite, Lucy ya estaba allí. Se había puesto un recatado vestido verde para declarar y se había recogido el pelo. A él se le aceleró el pulso al verla.

Le dio una bolsa de papel que olía a magdalenas recién hechas y abrió la puerta.

—Te lo prometí.

—Eres un hombre increíble, Hayden Black.

Él dejó las llaves y la cartera en un aparador y, cuando se giró, vio que Lucy ya se estaba comiendo la primera magdalena. Se sintió aliviado al verla tan tranquila. Tal y como había terminado la noche anterior, había tenido miedo de que no respondiese a sus llamadas, o que no quisiera volver a verlo, pero, por suerte, parecía que todo iba a ir bien entre ambos, aunque fuese un poco incómodo. Lo único que tenía que hacer era no volver a bajar la guardia con ella.

Tomó su bloc de notas y se sentó en su sillón.

—Para empezar, dime que no lo has recordado mientras estabas declarando.

—No, me he acordado en el taxi —le dijo ella, sentándose también frente al escritorio—, pero ha sido una pregunta que me habían planteado lo que me ha hecho recordar.

—¿Cuál?

—Si conocía a Nancy Marlin.

—Has dicho que no —dijo él, que recordaba el testimonio de Lucy.

Ella asintió. Estaba nerviosa.

—En el taxi he tenido la sensación de que me sonaba ese nombre. Y he recordado que, hace meses, la nombraron en una conversación.

—¿Entre quiénes era esa conversación?

—Marnie Salloway y Angelica Pierce.

Hayden pensó que aquella podía ser la pieza del puzle que le faltaba.

—¿Quién es Nancy Marlin? —le preguntó ella.

–Una amiga de Barbara Jessup.

Cuando el presidente era joven, había trabajado para su familia una mujer llamada Barbara Jessup.

–Eso es –dijo Lucy, abriendo mucho los ojos.

–¿Se dieron cuenta de que las habías oído hablar?

–Lo dudo. Estaba en la habitación donde se guardan los suministros y ellas se detuvieron justo delante de la puerta. Yo busqué lo que necesitaba y después esperé a que terminasen de hablar. Con Marnie y Angelica, pasar desapercibido es esencial para sobrevivir.

Hayden, que había conocido a Angelica, la comprendió.

–Quiero que me repitas todo lo que dijeron.

–Al principio, se estaban quejando de otro productor. Entonces, Angelica preguntó si se había avanzado algo con Nancy Marlin. Y Marnie le respondió que todavía no, pero que seguían intentándolo. Angelica le pidió que la mantuviese informada. Luego cada una se fue por su camino y yo salí de allí y me fui a trabajar.

Hayden sintió que se le aceleraba el pulso. Por fin lo tenía.

–Están las dos implicadas –dijo, mirando el bloc de notas que tenía en la mesa–. Pincharon los teléfonos de Barbara Jessup.

–¿Quieres decirle al Congreso que me vuelva a llamar?

–Es posible que lo hagan, pero antes voy a intentarlo con Ames y con Hall. Que oyeras esa conversación no nos sirve mucho como prueba, pero si consigo que Ames y Hall delaten a Marnie y Angelica, tal vez ellos sí puedan darme alguna prueba contundente.

Lucy dejó los restos de la segunda magdalena en la bolsa y se limpió los dedos de migas.

–¿No lo habrían hecho ya, si fuesen a hacerlo?

–Si piensan que tenemos a Marnie y a Angelica de todos modos, solo será cuestión de tiempo encontrar pruebas, y a lo mejor a Ames y a Hall les interesa negociar con nosotros. También puedo volver a entrevistar a Marnie y a Angelica y decirles que alguien oyó esa conversación. Tal vez una de las dos sienta pánico y se delate.

–Ojalá lo hubiese recordado antes –comentó Lucy, mirando por la ventana.

–Es estupendo que lo hayas recordado –le dijo él–. Intentaré que no se mencione tu nombre en todo esto.

Ella lo fulminó con la mirada.

–Según tus normas, no íbamos a permitir que lo nuestro interfiriese con la investigación. No intentes protegerme.

–Haría todo lo posible por proteger a cualquier testigo. Si encuentro alguna prueba más sólida no tendré que ponerte en la línea de fuego. Pero, no te preocupes, que si hace falta, volverás a declarar ante el Congreso.

Ella sonrió muy a su pesar.

–Todo irá bien siempre y cuando después me compres más magdalenas de estas.

Luego se puso seria y recogió su bolso rojo.

–Tengo que volver a ANS. Graham me está esperando.

Hayden le dio las magdalenas que habían sobrado.

–¿Le vas a contar lo de Marnie y Angelica?

–Tengo que hacerlo. Son sus empleadas –respondió ella, clavando la vista en la bolsa de papel.

No obstante, una parte de Hayden seguía sabiendo que Lucy quería encubrir a su padrastro. Estaba seguro de que Graham Boyle estaba en la cúspide de aquella cadena de engaños. Lo que no sabía era si Lucy había accedido a ayudarlo con la investigación porque quería estar presente cuando se encontrasen pruebas contra Graham. Tal vez tuviese la esperanza de convencerlo para que destruyese esas pruebas.

Odiaba pensar así y deseaba poder ser sincero con ella, pero tenía que ser realista. Hasta ese momento, la información que Lucy le había dado había sido inestimable, pero trabajaba para ANS y era la hijastra de Graham Boyle. Y siempre le sería leal. Hayden lo entendía, pero iba a intentar proteger su investigación hasta el final.

–No se lo digas todavía. Vuelve esta noche cuando termines de trabajar e idearemos un plan para volver a entrevistar a Marnie y a Angelica. Mientras tanto, veré qué puedo hacer con Ames y con Hall. Ya se lo contarás a Boyle cuando sepamos algo más.

Ella se mordió el labio inferior y miró a su alrededor. Era probable que estuviese recordando la última vez que había estado allí por la noche, y Hayden pensó que le iba a decir que no. Se le encogió el estómago. Entonces, la oyó decir:

–De acuerdo, hasta esta noche.

Y él se emocionó. Luego se maldijo; tenía que hacer un esfuerzo por controlarse cuando Lucy fuese allí esa noche.

Cuando le abrió la puerta a Lucy unas horas más tarde, ambos estaban muy tensos. El único que estaba relajado era Josh, que gritó al verla llegar y alargó los brazos. Hayden no pudo evitar sentir envidia. También quería abrazarla.

La vio interactuar con Josh, ambos estaban hablando y riendo, y no pudo apartar la mirada de ellos.

Entonces le sonó el teléfono móvil y casi se sintió aliviado. No reconoció el número que aparecía en la pantalla.

–Hayden Black –respondió.

–Señor Black, soy Rowena Tate. La hija del senador Tate.

El senador había mencionado esa mañana que su hija estaba en la ciudad, pero Hayden no la conocía, así que le sorprendió la llamada.

–Buenas tardes, señorita Tate.

–He estado siguiendo la investigación del comité –le dijo esta–. Como sabe, mi prometido también está trabajando en ella.

El senador le había mencionado que Rowena salía con Colin Middlebury, un diplomático británico que trabajaba con él y que pretendía que se ratificase un tratado de privacidad al tiempo que colaboraba en la investigación.

–¿En qué puedo ayudarla? –le preguntó él mientras veía cómo Lucy se acercaba a la cocina a por un vaso de agua con Josh apoyado en su cadera.

–Tengo una sospecha acerca de alguien muy importante en ANS, y creo que podría interesarle.

Él volvió a concentrarse en la conversación telefónica.

–La escucho.

–¿Podríamos vernos esta noche en el aeropuerto? Vuelo a Los Ángeles en un par de horas.

–¿Esta noche? –repitió él, frotándose el cuello.

Era casi la hora de acostar a Josh y no quería sacarlo del hotel a esas horas.

–Esta noche va a ser complicado.

Lucy entró en su campo de visión.

–Si tienes que salir –murmuró–, yo puedo quedarme con Josh.

–Espere un momento, Rowena –dijo él sin apartar la vista de Lucy. Luego tapó el auricular con la mano –. No puedo pedirte eso.

–¿Se trata de algo relacionado con la investigación?

–Sí.

–Pues te estoy ayudando con la investigación –le dijo ella–. Quedarme con Josh forma parte de eso.

–Pero habrá que acostarlo dentro de una hora.

–Ha cenado ya, ¿verdad?

–Sí –respondió él–, pero…

–Yo me ocuparé del resto. Solo tienes que enseñarme dónde está todo.

Hayden miró a su hijo, que observaba a Lucy con adoración, y se preguntó si un buen padre dejaría a su hijo con otra persona. Volvió a mirar a Lucy. A lo mejor no confiaba en ella con relación a Graham, pero sí lo hacía con su hijo.

–¿Estás segura?

–Al cien por cien –le respondió Lucy–. Vete.

–Gracias –le dijo él antes de volver a dirigirse a Rowena–. Allí estaré.

Capítulo Seis

Hayden buscó entre la multitud que había en el aeropuerto hasta que vio a Colin Middlebury en una cafetería. Se acercó a él y le tendió la mano. Colin y la mujer que estaba con él se levantaron.

–Gracias por venir, Black –le dijo Colin, dándole la mano.

–Yo también me alegro de verle, Middlebury –le respondió él, que lo había conocido al poco tiempo de aceptar aquel trabajo.

A Rowena no la había visto nunca.

–Esta es mi prometida, Rowena Tate –los presentó Colin, poniendo un brazo alrededor de los hombros de la mujer y sonriendo de oreja a oreja.

La rubia sonrió primero a su novio y después a Hayden.

–Gracias por venir tan pronto.

–No pasa nada –respondió él, intentando no pensar en que Lucy estaba en el sofá de su suite.

Colin le señaló una tercera silla y todos se sentaron. Ambos hombres miraron a Rowena y esperaron.

–No lo entretendremos mucho, señor Black. Le he pedido que venga porque no quería hablar de esto por teléfono, dada la naturaleza de la investigación.

–Muy sensato.

Hayden sabía que su teléfono móvil no estaba pinchado, pero no podía poner la mano en el fuego con los de los demás. Miró a su alrededor. No había nadie lo suficientemente cerca para oír aquella conversación.

–¿De qué quería hablarme?

–Tiene que ver con Angelica Pierce –empezó Rowena, inclinándose sobre la mesa y bajando la voz–. Siempre me ha resultado extrañamente familiar, pero un día, la estaba viendo en televisión y la cámara la captó desde un ángulo distinto. Y de repente me di cuenta de que se parecía mucho a una chica a la que había conocido en el internado, llamada Madeline Burch. Tiene el pelo y los ojos de otro color y, si es ella, se ha operado la nariz, entre otras cosas. Al darme cuenta del parecido, llamé a otra amiga del internado y resulta que piensa como yo, que podría ser Madeline.

A Hayden le interesó aquella historia. Sacó un pequeño cuaderno del bolsillo de su camisa y escribió el nombre de Madeline Burch.

–¿Hay algo más que resulte sospechoso?

–Madeline era una chica… desequilibrada. Tal vez esa sea la mejor palabra para describirla. Siempre alardeaba de que su padre era alguien muy importante, pero nunca dijo quién. Al parecer, este había pagado a su madre para que no desvelase su nombre. Y si alguien mencionaba el tema, Madeline perdía los estribos.

–¿Qué quiere decir con eso de que perdía los estribos? –le preguntó Hayden.

–En una ocasión tuvo una discusión con otra chica. No recuerdo el motivo. Esa noche, cuando llegamos al dormitorio, la ropa de la otra chica estaba toda tirada por el suelo, hecha trizas.

Él arqueó una ceja.

–¿Se hizo algo al respecto?

–No hubo pruebas –dijo Rowena, encogiéndose de hombros–. Madeline dijo a los profesores que había visto a una niña pequeña entrar en la habitación, pero era mentira. Esa niña no era capaz de hacer algo semejante.

Hayden se frotó la barbilla mientras pensaba en la mujer que tenía delante. Rowena parecía sincera y segura de sí misma. Tuvo la sensación de que podía creerla.

–¿Fue un incidente aislado? –preguntó, mientras seguía tomando notas de lo que le había contado hasta el momento.

–Por desgracia, no. Era impredecible y vengativa. Y siempre intentaba culpar a otras chicas de cosas que hacía ella. Hasta que un día, estaba discutiendo con alguien acerca de su padre y la otra chica le dijo que era una mentirosa y una rara. Madeline la atacó y la expulsaron del colegio.

A Hayden se le aceleró el pulso ante tanta información.

–¿Volvisteis a veros después de aquello?

Rowena negó con la cabeza.

–Cuando creímos reconocerla en la televisión, mi amiga Cara Summers y yo intentamos buscar información acerca de ella en Internet, pero no encontramos nada en absoluto. Es muy extraño, porque tampoco hay nada acerca de Angelica Pierce de la época del instituto. No sé si será de ayuda, pero he pensado que debía contárselo.

Él asintió y puso cara de póquer a pesar de que no podía dejar de darle vueltas a la cabeza.

Rowena le tendió un sobre.

—Estos son los resultados de nuestra búsqueda. Es sobre todo información básica, sospechamos que casi toda falsa. Estoy segura de que usted tiene otros canales para profundizar en el tema, pero hay una fotografía de Madeline que Cara ha conseguido a través de otra antigua compañera del colegio.

Hayden dio las gracias a Rowena y a Colin, se despidió de ellos y salió del aeropuerto. Si Angelica era Madeline Burch, podía haber tendido una trampa a Troy Hall y a Brandon Ames para que llevasen a cabo el plan y después cargasen con toda la responsabilidad. Eso encajaría con la imagen que Rowena Tate le había dado de ella. Tenía la sensación de que aquello era importante.

Repasó varias posibilidades de camino al hotel y cuando abrió la puerta de su suite todavía estaba acelerado. Aquella pista podía llevarlo a encontrar respuestas definitivas.

La suite estaba en silencio, así que él entró con cuidado y se dirigió a la habitación de Josh. El niño dormía plácidamente. Aliviado, Hayden sonrió y cerró la puerta. Tenía que darle las gracias a Lucy…

Entonces la vio hecha un ovillo en el sofá y se le detuvo la respiración. A pesar de que había climatización en la habitación, sintió un tremendo calor.

Estaba preciosa. La recordó desnuda, se acordó del olor de su pelo, de la curva de su cadera. Pensó en cómo lo había acariciado, primero con cuidado, y después con desesperación. Sin darse cuenta, se había acercado a ella y estaba a su lado, agachándose, tan cerca que podía sentir su respiración acariciándole el rostro.

Se le aceleró el corazón y una parte de su cerebro le advirtió que debía alejarse antes de que se despertase, pero no lo hizo. No podía. Tragó saliva. Su piel era de porcelana y tenía los labios ligeramente separados. Se preguntó si estaría soñando con él. Lucy sí había aparecido en sus sueños.

Se acercó un poco más y la besó con cuidado. Qué tortura tan dulce. Cerró los ojos. Sabía que tenía que apartarse. Iba a hacerlo. En cuanto grabase aquel momento en su memoria.

Gimiendo suavemente, Lucy movió los labios bajo los suyos y abrió los ojos. Y Hayden se repitió que tenía que apartarse, pero ella sonrió contra su boca y enredó los dedos en su pelo, y él no fue capaz de poner espacio entre ambos.

–Hayden –murmuró Lucy, volviendo a besarlo.

Se apoyó en un codo y él la abrazó para acercarla a su pecho. Estaba perdido. El delicioso olor de su piel lo envolvió, se enterró en su cerebro, haciendo que estuviese a punto de perder la cordura y dejase de pensar.

No obstante, una pequeña luz de alarma se encendió en un rinconcito de su cabeza. Él intentó no hacerle caso y dejarse llevar, pero no pudo.

Apoyó la mano en la nuca de Lucy y la besó una vez más, con desesperación, antes de separar los labios de los suyos y sentarse en el suelo.

—Lucy —le dijo en voz casi inaudible—. Estoy a punto de estallar.

Apoyó la frente en la suya y la abrazó todavía con más fuerza.

—Te deseo… no sabes cuánto, pero volver a hacer el amor contigo estaría mal por muchos motivos.

Ella se echó hacia atrás y se humedeció los labios, retándolo inconscientemente a olvidarse de todos sus recelos. Parpadeó como si acabase de despertarse en ese instante y, luego, relajada, le sonrió.

—No te preocupes. Ven aquí. Cabemos los dos.

Hayden se sintió frustrado. Se pasó ambas manos por el pelo y luego entrelazó los dedos detrás de la cabeza.

—No hay nada que desee más en este momento, pero sabes que no podemos.

Lucy se sentó en el sofá y se frotó los ojos. Y él deseó volver a abrazarla, pero se obligó a sentarse en el otro sofá para alejarse de ella.

Ella dobló las piernas y se sentó encima. Luego asintió.

—Está bien. Vamos a hacer un trato.

—De acuerdo —respondió él, a pesar de saber que iba a necesitar una armadura. O marcharse a otra ciudad.

–No podemos negar que hay mucha química entre ambos. Y tú solo vas a estar en Washington una temporada. En tu vida no hay lugar para una relación. Y tu trabajo no te permite tener una conmigo en particular.

Hayden se estremeció. Así dicho, su situación sonaba todavía más imposible que en su cabeza, pero asintió despacio.

–Hasta ahí estamos de acuerdo.

–En ese caso, podemos tener una aventura secreta –le sugirió ella sonriendo.

Parecía satisfecha consigo misma.

Él se puso tenso por dentro. Quería aceptar la oferta, pero frunció el ceño.

–¿Qué quieres? ¿Solo que nos acostemos juntos?

–Será solo físico –le confirmó ella–. Y no se enterará nadie.

Hayden se preguntó si estaba hablando en serio. Su cuerpo estaba de acuerdo, pero la idea era una locura. Aunque Lucy no parecía estar de broma.

–La investigación…

–Ya ha ocurrido algo entre nosotros. No creo que esto lo empeore más. Dime, ¿te has convencido de la inocencia de Graham después de acostarte conmigo?

–No.

Graham era culpable, de eso no tenía ninguna duda, y lo único que lo haría cambiar de opinión sería alguna prueba irrefutable.

–¿Va a cambiar algo en la investigación porque nos acostemos juntos?

–No –volvió a contestar él.

La integridad lo era todo en su trabajo.

–Entonces, no pasa nada –insistió Lucy–. Podemos tener una aventura.

–Una aventura –repitió él.

No tenía sangre suficiente en la cabeza para continuar con aquella conversación. Toda había bajado en cuanto le había dado el primer beso a Lucy.

–Es un plan estupendo –le dijo ella, como si fuese evidente.

Él se levantó y se acercó a la ventana. Con algo de suerte, el movimiento le aclararía un poco la mente.

No fue así.

–¿A ti te parece bien? –le preguntó por fin–. Que sea solo algo físico.

La deseaba más de lo que había deseado nunca a una mujer, pero jamás la utilizaría.

Ella frunció el ceño y se miró las manos, como si no supiese qué decir.

–En estos momentos no quiero una relación seria. Tú dices que estás centrado en tu hijo y en tu trabajo, pues yo estoy centrada en mi carrera.

Hizo una pausa y miró a su alrededor.

–Debido a quiénes son mi padre y mi padrastro, tengo que trabajar el doble que cualquiera para demostrar mi independencia, para demostrar lo que valgo. Y, si te soy sincera, lo último que necesito es una relación con un hombre rico y mayor que yo, conocido y con muchos contactos.

Hayden respiró hondo. Había pensado en sus

motivos para no tener una relación, pero no en los de ella. Ambos tenían mucho que perder, pero, aun así, Lucy lo deseaba tanto que quería proponerle aquel plan.

Volvió a acercarse al sofá en el que estaba sentada y se colocó en el bracero. Tomó sus manos.

—Tendremos una aventura con fecha de caducidad, que será cuando yo me marche de la ciudad.

Consiguió mantener la voz firme a pesar de lo nervioso que estaba.

—Entonces, ¿quieres? —le preguntó ella con cautela.

—Lucy, quiero mucho más de lo que puedo decirte, pero tengo ciertas condiciones.

Le soltó las manos y volvió a levantarse.

—Para empezar, mantendremos la norma de que nadie puede enterarse. Y también la de que esto no puede influir en nosotros.

—Hecho —se limitó a contestar.

Hayden sintió un escalofrío. Se aclaró la garganta antes de continuar.

—Otra norma es que no lo hagamos aquí, en mi suite. Es donde llevo a cabo mi investigación y donde me reúno con otras personas. Solo nos acostaremos en tu casa, y solo durante el día, mientras Josh esté con su niñera. Así podremos mantener las distancias entre lo nuestro y la investigación.

—Tiene sentido —admitió ella muy seria.

Él se arrodilló delante; no quería que hubiese ningún malentendido con sus siguientes palabras.

–Prométeme que, si te sientes incómoda, o que si la situación te supera, me lo dirás.

Ella asintió. Tomó su rostro con ambas manos.

–Te lo prometo si tú me lo prometes también a mí.

–Claro –respondió él, que casi no podía hablar, teniéndola tan cerca.

–Mañana puedo trabajar desde casa.

A Hayden se le aceleró el pulso.

–Yo no tengo ninguna reunión por la mañana. Iré a las nueve y media.

Lucy se humedeció los labios y él gimió.

–Pero como no te marches ahora mismo, vamos a tener que empezar ya.

Ella hizo un gesto travieso, tomó su bolso y prácticamente corrió hacia la puerta.

Hayden se quedó solo, preguntándose cómo iba a sobrevivir hasta las nueve y media.

A las nueve y diez minutos de la mañana llamaron a la puerta de la suite de Hayden. La única cita que tenía era con Lucy, veinte minutos más tarde, para empezar con su aventura. Sintió calor. Estaba vestido y preparado, para Lucy, desde las ocho. La niñera había llegado a las nueve y él se había pasado los diez últimos minutos ordenando papeles, deseando que el tiempo pasase más deprisa.

Cuando abrió la puerta, Angelica Pierce estaba al otro lado, ataviada con un vestido ajustado y rojo. Sus labios hinchados de botox esbozaron una sonrisa.

–Hayden, querido –lo saludó alegremente.

–Buenos días, Angelica –contestó él, sonriendo de manera profesional y evitando que se le notase lo mucho que le molestaba aquella visita.

–¿Habíamos quedado?

–No, no –respondió ella, entrando en la habitación–. Estaba por la zona y he pensado pasar a ver si podía ayudarte en algo.

–¿Quieres ayudarme? –le preguntó él, metiéndose las manos en los bolsillos.

–¡Por supuesto! Esta historia nos afecta a todos los periodistas. Cuanto antes se resuelva, mejor.

Se sentó en el sofá y tocó con la mano el lugar que había a su lado.

–Ven a sentarte, Hayden, para que podamos hablar.

Ver a Angelica en el sofá en el que había estado besando a Lucy menos de doce horas antes no le gustó.

–Lo siento, pero tengo que marcharme a una reunión.

–Oh, querido, seguro que puedes hacerme un hueco –le dijo ella, estirando el cuello y bajando el hombro para exhibirse.

A pesar de que estaba deseando echarla de allí, Hayden analizó su postura y se dio cuenta de que era una clara invitación. De acuerdo con lo que sabía de Angelica, era posible que esta reaccionase muy mal si la rechazaba. Y si eso ocurría, podía bajar la guardia y contarle algo…

–Angelica –le dijo en tono educado, pero firme–. Lo siento, pero tengo que marcharme.

Ella se levantó del sofá y se puso frente a él, demasiado cerca. Hayden retrocedió y ella se acercó más.

—Hayden, será mejor que no perdamos el tiempo —empezó ella—. Sé que estás interesado en mí, y yo también me siento atraída por ti.

—Angelica —respondió él, cruzándose de brazos—. No. No va a haber nada entre nosotros, ni ahora ni nunca.

Ella se quedó en silencio unos segundos.

—Es por ella, ¿verdad? —le dijo, señalándolo con el dedo, furiosa.

—¿Por quién?

—Por Lucy Royall —espetó Angelica—. El otro día solo querías hablar de ella. Estás enamorado, ¿verdad?

Hayden se sintió incómodo. Había pensado que Angelica expresaría su rabia contra él, no contra Lucy. Se preguntó si la habría puesto en la línea de fuego.

Angelica debió de ver algo en su rostro que lo delató, porque sonrió satisfecha.

—No te preocupes, querido, os ocurre a todos. Pensáis que la princesa es perfecta, pero yo te voy a dar un consejo, como amiga: tu amorcito te está investigando. Está recogiendo información para después emitir un reportaje sobre ti en ANS. Me lo contó el propio Graham Boyle anoche.

A Hayden se le detuvo el corazón. ¿Era posible que Lucy hubiese jugado con él? No, se negaba a pensar que fuese una manipuladora. Aunque, en el fondo, no la conocía tanto. Sintió náuseas y un gusto amargo en la boca. Tal vez sí fuese capaz de haber planeado algo así. ¿Formaría la aventura sexual parte de su plan?

En cualquier caso, no iba a compartir ninguno de sus pensamientos con Angelica.

–Creo que debes marcharte –le dijo, acercándose a la puerta.

–Por supuesto –respondió ella, volviendo a transformarse–. Llámame cuando quieras hablar. Y recuerda que puedo ayudarte. Mientras tanto, no le cuentes a la princesa nada que no quieras que salga en televisión.

Tres minutos después, Hayden estaba en su coche de alquiler, de camino a casa de Lucy. Habían planeado aquello como una visita romántica, pero iba a utilizarla para obtener información, empezando por la verdad.

Capítulo Siete

Eran casi las diez de la mañana cuando Lucy vio llegar el coche de Hayden. Con mariposas en el estómago, estudió su vestido color crema, fácil de quitar, debajo del cual llevaba un conjunto de lencería color lavanda. Le había parecido adecuado para el inicio de una aventura, aunque se había cambiado dos veces de ropa y también había tenido dudas acerca de aquella. Si Hayden no hubiese llegado en ese momento, habría vuelto a subir las escaleras para cambiarse otra vez.

Con el pulso acelerado, fue a abrirle la puerta.

–Llega usted tarde, señor Black –le dijo en tono pícaro, pero entonces vio su expresión y le preguntó–: ¿Qué ocurre?

Él entró, fue al salón y luego se giró hacia ella con ambas manos en las caderas.

–¿Me estás investigando?

Lucy se quedó sin aire en los pulmones.

–¿Cómo lo sabes? –le preguntó en un susurro.

–Hemos puesto normas, pero se nos ha olvidado la de no recoger información para hacer un reportaje mientras nos acostábamos juntos.

A ella se le doblaron las rodillas, pero avanzó.

–Hayden…

Él no la escuchó, atravesó la habitación y se

apoyó en el marco de la ventana, que daba al pequeño patio que había en la parte trasera de la casa.

–Yo he sido claro y sincero con respecto a mi investigación. Sabías lo que estaba haciendo desde el principio, te conté que sospechaba de Graham y que pensaba que tú querías encubrirlo –le dijo, girándose a mirarla–. Al parecer, no merezco lo mismo.

–De acuerdo, estás enfadado –le dijo ella, acercándose–. Y admito que tienes derecho a estarlo.

Él rio con incredulidad.

–Qué generosa por tu parte.

–Pero tu investigación podría arruinar la vida de un hombre. De un hombre inocente.

Su padrastro, que durante diez años había sido bueno y generoso con ella.

–Graham podría perder su empresa, su reputación y su libertad –continuó–. Y hay personas de ANS dispuestas a tenderle una trampa. ¿Pensabas que no íbamos a tener un plan B, dada la situación?

–Pensaba que Boyle y ANS tenían un plan, por supuesto, pero no imaginé que tú estarías al frente –le contestó él, pasándose la mano por el pelo y fulminándola con la mirada–. Me parece una manera despreciable de tratar al hombre con el que te estás acostando, Lucy.

–Tienes razón. Lo siento.

Se dejó caer en el mullido sofá y se puso un cojín en el regazo.

–Pero tienes que entender que cuando Graham me pidió que lo hiciera, solo te había visto una vez. No sabía si podía confiar en ti.

Él levantó una mano.

–¿Ahora confías en mí?

–Sí –respondió ella suspirando–. No sé desde cuándo, pero sí.

–Entonces, ¿por qué no me lo contaste ayer? ¿O la semana pasada? ¿Después de que nos acostásemos juntos?

Era justo que Hayden le preguntase aquello. Ella también se lo había preguntado.

–Supongo que tenía la esperanza de que tú descubrieses al cabecilla de la trama y que la investigación se terminase antes de que se preparase el programa.

–¿Y si las cosas no salían así, y si la investigación se prolongaba? –le preguntó él–. ¿Ibas a contármelo antes de que se emitiese el programa? ¿O ibas a dejar que me enterase al mismo tiempo que todo el mundo?

–Te prometo que te habría advertido. Y tengo que decirte que lo siento mucho, Hayden, pero ponte en mi lugar un momento. Mi jefe, que además es mi padrastro y una persona a la que quiero, me pide que trabaje en un proyecto secreto que podría salvarlo. A ti te acababa de conocer. No iba a cambiar de bando como de camisa.

Hayden la comprendió.

–Estabas dividida entre tu familia y tu amante.

Ella bajó los hombros.

–Esto nuestro está rebasando todos los límites, ¿no crees?

Hayden soltó el aire y fue a sentarse en la mesita del café que había delante de ella. Sus rodillas se rozaron.

–Sí. De hecho, he estado pensando que debía pasarle el caso a otra persona de la empresa.

–No –le dijo ella, tomando sus manos–. No lo hagas, por favor.

Él inclinó la cabeza.

–Pero yo pienso que Graham es culpable. Para ti sería mejor que el caso lo llevase otro.

–A lo mejor piensas que es culpable, pero eres honesto y honrado. En cuanto encontremos las pruebas que exoneren a Graham, las respetarás. Tú eres nuestra esperanza, Hayden.

Todo aquello era cierto, pero había algo más. Lucy no estaba preparada para dejarlo marchar. Todavía no.

Hayden la miró fijamente y ella contuvo la respiración mientras esperaba a que tomase una decisión. Por fin lo vio asentir y se sintió aliviada. Sonrió y le soltó las manos, y algo en su interior le dijo que había reaccionado de manera exagerada, solo porque quería que un determinado detective se dedicase al caso. No obstante, no lo pensó.

Hayden se pasó la mano por el mentón recién afeitado.

–Has dicho que hay personas en ANS dispuestas a tenderle una trampa a Graham. ¿Por qué piensas eso?

La cosa iba mejor. Lucy se levantó y fue descalza hasta la cocina. Allí, sirvió agua con gas en dos vasos y le tendió uno a Hayden. Este se inclinó sobre la encimera y a ella se le secó la garganta. Su belleza oscura y masculina se veía realzada por el color claro del mármol y el blanco de los armarios. Lucy no solía invitar a gente a su casa, solía ver a sus amigos fuera, así que Hayden era el primer hombre que entraba en su cocina. A lo mejor, si hubiese habido otros, no se habría sentido tan abrumada por su presencia.

Bebió un sorbo de agua para humedecerse la garganta y poder volver a hablar.

–Tú mismo dijiste que había alguien que manejaba los hilos. Sea quien sea no quiere que lo atrapen y pretende cargarle el muerto a otra persona.

Dio otro sorbo y se quedó pensativa.

–¿Quién te ha contado lo de mi investigación?

–Angelica –admitió él–. Ha venido al hotel, me ha intentado seducir y luego me ha advertido que no confíe en ti.

A Lucy se le detuvo el corazón al oír que había intentado seducirlo, pero consiguió que eso no la afectase a la hora de pensar en la investigación.

–Estoy segura de que es ella la que está detrás de todo esto.

–Es probable –admitió Hayden, dejando el vaso en el fregadero y volviendo a apoyarse en la encimera.

–Entonces, ¿piensas que Graham es inocente?

–No –dijo él sacudiendo la cabeza–. Tenía que estar al corriente de todo lo que estaba ocurriendo, a lo mejor hasta han trabajado juntos, pero sospecho que Angelica fue quien lo planeó.

Lucy se cruzó de brazos.

–Ya verás, cuando termines la investigación, que Graham es inocente.

–Escúchame –le dijo él, tomando su mano y entrelazando los dedos con los de ella–. Hay otra cosa que me inquieta de lo que Angelica me ha contado.

–¿Lo de que ha intentado seducirte? –le preguntó ella sonriendo.

En el fondo, se alegraba de oír que Hayden había rechazado a otra mujer.

Él negó con la cabeza como si aquello no tuviese ninguna importancia.

–No. No es eso, sino el odio que siente por ti. Ni siquiera ha intentado ocultarlo.

–Siempre me ha odiado –dijo Lucy, encogiéndose de hombros.

Era algo que había aceptado una semana después de haber empezado a trabajar en ANS. Angelica trataba muy mal a las personas que estaban por debajo de ella, y parecía sentir un especial placer arremetiendo contra la hijastra del jefe. Y no era la única, Marnie y Mitch también la trataban mal.

Hayden tiró de ella para acercarla más.

–Esto iba más allá del odio. Mucho más allá.

Lucy tragó saliva. Hayden no era un hombre que se preocupaba por cualquier cosa.

–Ah.

–¿Por qué te odia tanto? ¿Habéis tenido algún encontronazo?

–No sé. Yo siempre he pensado que es porque

soy la hijastra del dueño y no les gusta que trabaje con ellos.

–Podría ser, pero ¿por qué es Angelica más vengativa que el resto? Si es capaz de manipular al menos a dos personas en un caso tan complicado de escuchas ilegales, y conseguir que estas no la delaten, será mejor que no la infravaloremos.

–A mí nunca me haría nada –le dijo Lucy, a pesar de no estar muy convencida.

–Lucy, te aseguro que sé mucho del tema, por experiencia. Angelica Pierce te haría daño si pudiese. Y quiero poder protegerte. Di en ANS que tienes que mantenerte cerca de mí mientras llevas a cabo la investigación.

Lucy sintió un escalofrío. ¿Cómo que Angelica le haría daño si tuviese la oportunidad? ¿Qué clase de persona era? Siempre había sabido que era una periodista sin ninguna ética a la hora de obtener información, pero aquello era algo distinto...

Apartó las manos de las de Hayden y se abrazó por la cintura.

Luego levantó la barbilla. Una cosa era segura: Angelica no iba a poder con ella.

–No soy una niña que necesite protección. Estaré bien sola.

–Sé que no eres una niña –le dijo él, pasándole un dedo por el brazo antes de abrazarla–. Deja que te proteja.

Lucy sintió calor por todo el cuerpo, pero intentó no perder el control.

–No es tu trabajo –le dijo.

Él le acarició los costados y, al llegar a la altura de la cadera, la agarró por ella y la acercó más.

–Quiero protegerte. Quiero que estés bien.

Lucy no quería que su amante pensase que era una damisela en peligro, que necesitaba que la rescatase. ¿No se daba cuenta?

Apoyó las manos en su pecho y se apartó para poder mirarlo a los ojos, para que Hayden la entendiese bien.

–Hayden, no quiero que me veas como alguien a quien tienes que proteger.

–Te veo de muchas maneras –respondió él–. Te veo valiente y decidida. Te veo como mujer. Y también veo que una persona que puede estar loca la tiene tomada contigo. También veo que no puedo dejar de pensar en hacerte el amor otra vez. Y que…

–Para –le pidió ella, humedeciéndose los labios–. Vuelve a eso.

–¿A que una persona que puede estar loca la tiene tomada contigo? –le preguntó Hayden sonriendo.

Ella se apretó contra su cuerpo.

–No, lo otro.

–¿Que no puedo dejar de pensar en hacerte el amor otra vez? –sugirió con voz ronca.

Lucy se quedó sin aliento.

–Eso es. Háblame de ello.

–Pienso en ti de día y sueño contigo por las noches –le dijo Hayden, cambiando de postura para apoyar a Lucy contra la encimera.

–Empieza con los sueños.

Él sonrió sensualmente.

–En mi sueño favorito, estoy en mi cama de Nueva York y tú entras por la puerta y te metes conmigo en ella.

Lucy se estremeció solo de pensarlo.

–¿Y qué llevo puesto en ese sueño?

–Nada –respondió él–. Por eso es uno de mis sueños favoritos.

Ella cerró los ojos y notó cómo se le aceleraba el corazón.

–¿Y qué ocurría cuando me metía contigo en la cama?

Él rozó la mejilla de Lucy con su barbilla y le dio un beso en la oreja.

–Que yo me pasaba el resto de la noche haciéndotelo pasar muy bien.

–¿Y me lo pasaba bien?

–Sí –le dijo él, mordisqueándole el cuello–. Muy, muy bien. Cuando me desperté, me sorprendió no tenerte a mi lado.

Lucy se excitó con aquella historia tan sencilla, y sabiendo que Hayden Black había soñado con ella.

Lo abrazó por el cuello.

–Parece que el sueño estaba destinado a hacerse realidad.

–Estoy trabajando en ello –dijo Hayden, mirando a su alrededor–. ¿Hay algún dormitorio en esta casa?

–Al otro lado del pasillo. Háblame ahora de qué pensabas cuando estabas despierto –le sugirió ella, mordiéndose el labio inferior.

Hayden la tomó en brazos y fue hacia el pasillo.

–La mayoría de mis pensamientos eran de arrepentimiento.

–¿Cómo que de arrepentimiento? –le preguntó Lucy–. ¿Te arrepientes de haberme hecho el amor?

–Sí, de eso y de muchas más cosas.

–¿Como cuáles?

–Me arrepiento de que fuese tan rápido –le susurró él al oído–. No pude hacer todo lo que quería.

La tumbó en la colcha azul clara y luego subió a la cama y se cernió sobre ella.

–De no haber probado la piel que hay debajo de tu colgante de diamante.

Le desató el cinturón que le sujetaba el vestido y se lo abrió. Ella contuvo la respiración mientras Hayden la acariciaba a través del sujetador de encaje y luego inclinaba la cabeza para hundirla entre sus pechos. El calor de su boca y de su lengua hizo que le ardiera la sangre, y cuando sus dientes mordieron suavemente la curva de sus pechos, arqueó la espalda para ofrecerle más.

Cuando Hayden levantó la cabeza, tenía los ojos tan oscuros como la noche y llenos de deseo.

–De no haber sentido la piel satinada del interior de tus muslos –añadió, bajando una mano por su cuerpo y haciéndole levantar una rodilla.

Luego la besó en el vientre, en la cadera, en la pierna y en la rodilla que tenía levantada mientras seguía acariciándole la parte interna del muslo, muy cerca de las braguitas.

–No me pude entretener donde me habría gustado –continuó, acercando más la mano–. Y odio arrepentirme de las cosas, así que, si no te importa, voy a rectificar la situación ahora mismo.

–Por supuesto –respondió Lucy casi sin aliento.

Durante lo que a ella le parecieron horas, Hayden la estuvo torturando, la llevó al límite una y otra vez y fue quitándole la ropa mientras tanto. Al mismo tiempo, Lucy le acarició el musculoso abdomen, los fuertes hombros y brazos, el vello que cubría sus muslos, todas las partes de su cuerpo a las que llegaba, y lo desnudó hasta que lo único que hubo entre ellos fue un preservativo. Aquello no iba a durar eternamente y Lucy lo sabía, pero, por el momento, era suyo. Ese día y varios más, era la dueña de su cuerpo. Allí, en su cama, toda la atención de Hayden era para ella. Y no había otro lugar en el mundo en el que quisiera estar en ese momento. Tal vez jamás volvería a haberlo.

Hayden se detuvo, la miró fijamente a los ojos y luego la besó en los labios. Toda la pasión y el deseo confluyeron en un beso perfecto.

–Lucy –dijo con voz ronca al separar los labios de los suyos–. Nunca había deseado tanto a alguien.

Sacudió la cabeza, como si ni siquiera él pudiese creerlo.

–A nadie –repitió.

Luego le levantó la rodilla y, sin dejar de mirarla a los ojos, la penetró. Lucy gritó su nombre y a él le brillaron los ojos y empezó a moverse, despacio al principio, y más rápidamente después. Ella arqueó la espalda, deseando que aquello durase siempre, necesitándolo más de lo que habría creído posible. Cuando llegó al límite, Hayden la besó en los labios para hacerla explotar. Poco después él también llegaba al clímax y decía su nombre con voz ronca. Después salió de ella, pero la abrazó, y Lucy pensó que jamás se había sentido tan segura, tan deseada. Nunca se había sentido tan ella. ¿Volvería otro hombre a parecerle suficiente?

Esa tarde, Lucy se sentó en el despacho de Graham con Rosebud a sus pies. Tomó una fotografía enmarcada de la caja que tenía en el regazo. Era una fotografía de ella misma con quince años, entre Graham y su madre, sonriendo. Su padre le había hecho una copia y se la había enmarcado, y se la había regalado al llegar, unos minutos antes.

–Muchas gracias por esto –le dijo ella emocionada.

–Sé que todavía la echas de menos –respondió él, también con algo de emoción en la voz.

Lucy tocó el rostro de su madre en la fotografía.

–Sí.

Graham le hacía muchos regalos, pero aquel era especialmente valioso.

–Bueno, ¿cómo va tu investigación? –le preguntó este, sentándose en su sillón y cambiando de tema, como hacía siempre que una conversación le resultaba demasiado emotiva–. ¿Podemos preparar ya la producción?

Ella se metió un mechón de pelo detrás de la oreja e intentó no ruborizarse.

–Me temo que no.

–¿No has averiguado nada? –preguntó Graham, frunciendo el ceño.

Su mente se vio bombardeada por imágenes de todas las cosas que había averiguado sobre Hayden Black: cómo eran los músculos de su abdomen, cómo era apoyar la mejilla en el pelo de su pecho, la expresión de su rostro cuando llegaba al clímax dentro de ella...

–No parece tener ningún secreto oculto. Es un buen hombre que se acaba de quedar viudo con un niño pequeño y que es muy concienzudo con su trabajo.

Había averiguado cosas de poco calado, como que tenía una relación incómoda con los padres de su difunta esposa y que había salido mucho de fiesta de estudiante, pero no era suficiente para hacer un reportaje. Ni siquiera tenía sentido mencionarlas en ese momento.

–Tiene que haber algo –dijo Graham.

–Lo cierto es que algo hay –respondió ella–. ¿Confías mucho en Angelica Pierce?

Graham respondió sin vacilar.

–Es una buena periodista, con instinto.

–Pues le ha dicho a Hayden que yo lo estaba investigando.

–Maldita sea.

–Pensé que no ibas a contárselo a nadie –admitió Lucy.

Aquello era lo que más le había sorprendido de todo.

–Anoche vino a verme y me dijo que estaba preocupada por las consecuencias que la investigación de Black podía tener en la cadena. Le dije que no se preocupase. Que ella misma presentaría la noticia.

Tomó un lápiz y golpeó furiosamente el escritorio.

–¿Ha ido a ver a Black? –inquirió.

–Esta mañana.

–Ha debido de pensar que podía utilizar eso para influenciarlo.

Lucy se mordió el labio, todavía sorprendida de que Graham intentase explicar la actuación de Angelica, que estuviese poniendo excusas por ella. ¿No se daba cuenta de lo que ocurría?

–No creo que debas volver a confiar en ella hasta que esto se termine –le aconsejó ella.

–Tonterías. Angelica nunca mordería la mano que le da de comer. Siempre antepondría los intereses de ANS a todo lo demás –respondió Graham–. ¿Cómo se lo ha tomado Black? ¿Se ha enfadado mucho?

–No, va a seguir permitiendo que lo ayude con la investigación. Le he convencido de que mi comportamiento será ético.

Graham sonrió como si pensase que Lucy le había mentido a Hayden, y eso la entristeció. A su padrastro no parecía importarle que Angelica fuese una mujer despiadada, la respetaba como periodista estrella. Y acababa de decir que le parecía bien que ella engañase a alguien. Lucy siempre había sabido que su padrastro era un duro hombre de negocios, pero no había esperado lo mismo de los periodistas de ANS.

Si ella se negaba a ser así, tal vez no tuviese futuro como periodista. Se le encogió el estómago solo de pensarlo.

—Tengo que volver con Hayden —dijo, tomando su bolso y poniéndose en pie—. Le he dicho que iba a ayudarlo esta tarde.

Graham frunció tanto el ceño que Lucy pensó que se parecía a Rosie.

—No te estarás acercando demasiado a él, ¿verdad? No se te ocurra empatizar con tu objetivo. Sería un grave error.

Ella pensó en Hayden desnudo en su cama unas horas antes, sonriéndole al verla entrar en la habitación con una bandeja con café y tostadas.

Se llevó la mano a la garganta.

—No, no me estoy acercando demasiado —contestó.

—Bien —le dijo Graham—. Sabía que podía contar contigo.

Pero Lucy había empezado a dudar. Ya no sabía quién podía contar con ella y, lo más importante, con quién podía contar ella.

Miró la fotografía en la que aparecía con Graham y con su madre fijamente y luego se la metió en el bolso. Puso los hombros rectos e intentó apartar aquellos pensamientos de su mente. Graham podía contar con ella y ella con él. Eran familia.

Acarició a Rosie por última vez, abrazó rápidamente a Graham y se marchó.

Hayden estudió las dos fotografías que tenía en la pantalla del ordenador y se sintió triunfante. El parecido era evidente. Sin apartar la vista del ordenador, tomó el teléfono y marcó el número de Lucy.

–¿Puedes venir? –le preguntó en cuanto hubo descolgado.

Durante los últimos días, habían establecido una rutina consistente en pasar algo de tiempo personal en casa de ella, pero cada día a una hora distinta, y en que Lucy pasase por su suite por la tarde o por la noche para trabajar en la investigación. En esos momentos solo eran las siete de la mañana, así que Lucy no tardaría en ir a ANS y aquel descubrimiento no podía esperar todo un día.

Ella no dudó al responder.

–Por supuesto. ¿Qué ocurre?

Él, que prefería no revelarle nada por teléfono, le contestó:

–He descubierto algo que quiero que veas.

–Llegaré lo antes posible.

Cuando Lucy llegó, Hayden había hecho una presentación con las imágenes que le habían enviado de su despacho y había sentado a Josh en la trona para darle el desayuno. Nada más abrir la puerta, le dio un beso a Lucy y después se puso en modo trabajo.

–¿Qué tienes? –le preguntó ella con curiosidad.

Le dio un beso a Josh en la cabeza y se sentó en la silla que Hayden había colocado junto a su sillón.

Hayden notó que Lucy apoyaba la mano en su muslo y todo su cuerpo respondió.

Se quedó helado. Se suponía que aquello era solo una aventura. ¿No se estaría implicando emocionalmente? No, no era capaz. Él era un padre soltero de Nueva York y ella, una heredera de veintidós años de Washington. Intentó no pensar en su mano y encendió la pantalla del ordenador para que Lucy viese las imágenes mientras él le daba a Josh una cucharada de compota.

–Después de mucho buscar, he encontrado una fotografía de una chica llamada Madeline Burch –dijo, haciendo aparecer una fotografía de una adolescente castaña y de ojos marrones–. Rowena Tate me dijo la otra noche en el aeropuerto que tanto ella como una amiga suya sospechaban de Madeline Burch. Me dio una fotografía de esta, pero la resolución no era buena, así que he tenido que buscar una mejor. La he mandado a mi despacho y allí han trabajado un poco en ellas.

Le dio otra cucharada a Josh con una mano y tocó el ratón con la otra. La misma chica apareció con el pelo rubio, otro clic más y la chica tenía los ojos de un azul muy claro. Una imagen después, los labios un poco más gruesos.

–Si a Madeline le teñimos el pelo, le ponemos lentillas y le retocamos los labios y la nariz –le explicó a Lucy–, su imagen nos resulta mucho más familiar.

–Angelica –murmuró ella, quitándole la cuchara de Josh de la mano para ocuparse de darle la compota ella.

–Exacto. Angelica Pierce es en realidad Madeline Burch. No tenemos nada de información de Madeline desde dos años después de su graduación. Y algo similar ocurre con Angelica, aunque esta ha intentado falsificar algunos datos.

Lucy golpeó con una uña el cuenco de fruta.

–Toda una reconversión.

–Sí. Lo que yo me pregunto es si lo hizo para poder empezar de cero, tal vez para aumentar las posibilidades de conseguir un trabajo ante la cámara…

–¿O si esconde algo? –terminó Lucy en su lugar.

Hayden asintió.

–He hecho un par de llamadas y parece que nadie del colegio ha seguido en contacto con Madeline. La crio solo su madre, que ha fallecido y, al parecer, no tiene más familia. Varias mujeres recuerdan que Madeline se jactaba de tener un padre rico cuyo nombre no podía desvelar, pero nadie sabe quién era. He pedido en mi despacho que me busquen su partida de nacimiento, pero en ella tampoco aparece el nombre de su padre.

–Apuesto a que no encontramos a nadie que conociera a Angelica Pierce de niña.

–No, por el momento no he encontrado a nadie –admitió él, pensativo–. De hecho, a excepción de ti, nadie habla mal de ella. Troy Hall y Brandon Ames solo tienen alabanzas, aunque yo estoy seguro de que Angelica les ha tendido una trampa.

Cuando Josh terminó de comerse la compota, Hayden le limpió la cara y Lucy se llevó el cuenco al fregadero.

–Tiene que estar haciéndoles chantaje –comentó.

–Estoy de acuerdo.

Hayden bajó a Josh de la trona, le dio un abrazo y lo dejó en el sofá con sus juguetes.

–Si se ha esforzado tanto en reinventarse, es muy capaz de tenderle una trampa a alguien y dejar pistas falsas.

–¿Sabes? –le dijo Lucy un tanto incómoda–. He hablado con mi padrastro y le he mencionado que Angelica te había contado que yo te estaba investigando, pero él sigue confiando en ella.

Hayden estudió su rostro y se dio cuenta de que Lucy estaba sinceramente sorprendida de que Graham Boyle siguiese confiando en Angelica Pierce después de que esta lo hubiese traicionado. Entonces pensó que a él también le sorprendía que Lucy siguiese pensando que su padrastro era inocente. No trataba de encubrirlo. En realidad, no tenía ni idea de que Boyle estaba detrás de las actividades ilegales de ANS. Le enfadó que Boyle tuviese a alguien tan bueno como Lucy en su vida, y que corriese el riesgo de arrastrarla a su sórdido ambiente. Lo que Boyle tenía que haber hecho era mantener a Lucy alejada de ANS. Esta se merecía algo mejor.

Se dejó caer en su sillón, delante del escritorio. Si le contaba a Lucy lo que estaba pensando, no lo creería. Continuaría defendiendo a Boyle con mucha más vehemencia de la que este se merecía, así que, en su lugar, comentó:

—Angelica ha conseguido llegar lejos gracias a su habilidad para convencer a la gente de que confíe en ella.

Lucy tomó su bolso y sacó de él una magdalena. Tomó un trozo y se lo tendió.

—Es de limón y semillas de amapola. La he comprado de camino aquí.

Él aceptó el trozo y se lo metió en la boca, luego volvió a mirar las imágenes que tenía en su ordenador. Al parecer, Angelica tenía todas las cartas de la baraja. Todo la señalaba a ella, pero no tenían ni una prueba. Todavía.

Lucy se frotó las manos y se acercó.

—¿Qué podemos hacer? No podemos quedarnos esperando a que cometa un error.

—Voy a ir a Fields, Montana. Todo este lío empezó allí, en el lugar donde nació el presidente. Apostaría a que fue allí donde Angelica empezó a pinchar teléfonos. Si puedo conseguir las pruebas que encontró ella, la atraparé.

Fields era el lugar en el que Ted Morrow había dejado embarazada a Eleanor Albert y el lugar del que habían desaparecido esta y su bebé, Ariella. La ciudad se había llenado de periodistas desde que Morrow había anunciado que se presentaba a las elecciones, y desde que había saltado la noticia de Ariella Winthrop, detectives y policías se habían movilizado también. Estos habían descubierto la existencia de escuchas telefónicas y de pirateo de ordenadores y, a raíz de aquello, había surgido la investigación del Congreso. Hayden seguía preguntándose si las personas que habían ordenado las escuchas habían estado buscando inicialmente un bebé.

En el vídeo que recogía a Hall y a Ames contratando a los piratas informáticos, estos habían pedido específicamente la confirmación de que había un bebé. ¿A quién se le había ocurrido buscarlo? Había llegado el momento de ampliar un poco el círculo de su investigación para que esta incluyese a más habitantes de Fields. Lucy había oído una conversación en la que se mencionaba a Nancy Marlin, amiga de Barbara Jessup, y él decidió que empezaría por ahí.

—¿Cuánto tiempo estarás fuera? —le preguntó Lucy.

—Un par de días.

Aunque no quería dejarla sola en Washington, desprotegida. Había hablado en serio al decirle que pensaba que Angelica podía hacerle daño, y no quería correr ningún riesgo, así que le hizo una propuesta.

—Ven conmigo.

Capítulo Ocho

Lucy miró a Hayden, dividida entre su corazón y su cabeza. Después de haber compartido su cama con él, un par de días separados le parecían una eternidad, así que la idea de acompañarlo a Montana le resultó tentadora, pero tuvo la sensación, por su tono de voz, de que detrás de aquella invitación había algo más.

Se levantó para poner cierta distancia entre ambos y le preguntó:

–¿Por qué quieres que vaya contigo?

–Estamos trabajando juntos, así que yo creo que tiene sentido –le dijo Hayden, encogiéndose de hombros–. ¿Puedes tomarte un par de días libres del trabajo?

Podía, porque Graham quería que se centrase en investigar a Hayden, así que, cuanto más tiempo pasase con él, mejor. No obstante, la expresión de Hayden seguía siendo demasiado seria. Parecía preocupado.

–Hace un par de días estabas enfadado conmigo por no haber sido sincera acerca de mis motivaciones. Me dijiste que tú siempre lo habías sido conmigo. Vuelve a serlo, por favor –le pidió, cruzándose de brazos–. ¿Por qué quieres que te acompañe?

125

Hayden empujó la silla hacia atrás y se levantó, pero no se acercó a ella. Respetó la distancia que esta le había impuesto.

—No quiero dejarte en la misma ciudad que Angelica si yo no estoy. No me fío de ella, está obsesionada contigo.

—Llevo años en la misma ciudad que Angelica.

Él sacudió la cabeza.

—Sí, pero ahora está muy nerviosa. Sabe que el cerco se está estrechando.

—Y tú piensas que tienes que protegerme.

—Por supuesto que sí —admitió Hayden, frotándose la nuca—. Es mi investigación lo que ha llevado a Angelica a ese estado. Así que también es mi responsabilidad velar por tu seguridad.

¿Responsabilidad? Otra vez esa palabra. A Lucy se le encogió el estómago. Lo último que quería era que su amante la viese como alguien de quien era responsable. Se preguntó si se debería a la diferencia de edad.

Lucy se puso recta.

—Puedo cuidarme sola.

—Lo sé, Lucy, pero si estoy en lo cierto con respecto a Angelica, es capaz de cosas mucho peores de las que pensamos.

Se acercó y la abrazó, y luego le susurró al oído:

—¿Te he dicho ya que Josh se quedará en Washington con la niñera? ¿Y que he reservado dos habitaciones en un hotel nuevo, con balneario? Una para nosotros y otra para disimular. La nuestra también tiene jacuzzi.

La besó en la oreja y después tomó el lóbulo con la boca, haciendo que Lucy se estremeciese.

–Hayden… –suspiró ella, notando que empezaba a derretirse.

–Haré que te alegres de haberme acompañado.

A Lucy no le cabía la menor duda, pero tenía que decidir si debía ir o no. Hayden la agarró por la cintura y metió la mano por debajo de la blusa para acariciarle la piel desnuda. Ella sintió calor y todas sus dudas se disiparon.

–De acuerdo –aceptó, apoyándose en él–, pero no vuelvas a decirme lo que piensas que quiero oír. Prométeme que serás siempre sincero conmigo.

–Prometido –le dijo él, besándola en los labios para sellar sus palabras.

El recepcionista del hotel Fields Chalet le dio a Lucy la llave de su suite y esta le dio las gracias con una sonrisa. Luego se apartó para que Hayden se registrase también. Había estado nerviosa desde que habían salido de Washington. Durante el vuelo, y en ambos aeropuertos, Hayden y ella habían actuado como si su relación fuese meramente profesional, y así seguían.

Miró a su alrededor; los enormes ventanales tenían unas espectaculares vistas a las montañas. Lucy había estado en Fields antes, esquiando, pero siempre se había quedado en casa de su tía, que estaba en la montaña y siempre tenía de todo, así que había bajado poco a la ciudad. Como Hayden quería entrevistar a mucha gente, habían decidido alojarse en aquel hotel situado en la calle principal.

Durante la niñez del presidente, Fields había sido una ciudad tranquila, habitada sobre todo por rancheros y comerciantes locales. Pero había cambiado mucho con el tiempo. El resto del país, incluida la tía de Lucy, Judith, había descubierto aquel impresionante destino de montaña y la localidad había empezado a crecer.

Hayden la siguió y Lucy notó su calor en la espalda. Había sido una tortura no poder tocarlo en todo el viaje.

–¿Quieres que te acompañe a tu habitación? –le preguntó este en tono educado, tomando su maleta.

–Gracias –respondió ella–. Eres muy amable.

Fueron hacia los ascensores y Lucy sintió un cosquilleo por todo el cuerpo. Estaba deseando tocarlo, besarlo. Hayden apretó el botón y, una vez dentro del ascensor, permitió que sus ojos brillasen de deseo.

–Espero que no tenga ningún plan para ahora mismo, señorita Royall –le dijo en voz baja.

Ella se estremeció.

–¿Tienes algo en mente?

–Sí.

Las puertas se cerraron y Lucy se giró inmediatamente hacia él.

–Hayden…

Antes de que le diese tiempo a decir más, él la

había empujado contra la pared y, con las caderas pegadas a las suyas, la estaba besando apasionadamente. Lucy se derritió por dentro. Dejó caer el bolso al suelo para poder utilizar las manos para acariciarlo: los hombros, los bíceps, el cuello, todas las partes de su cuerpo a las que llegaba. Él se estremeció y eso hizo que Lucy lo deseara todavía más. Arqueó la espalda para apretar las caderas contra las suyas y estaba pensando en sacarle la camisa de los pantalones cuando se oyó un pitido y las puertas se abrieron.

Hayden gimió y se apartó.

–No podía esperar ni un segundo más. El viaje ha sido demasiado largo y te he tenido demasiado cerca, sin poder besarte.

Ella tragó saliva e intentó hablar.

–Ahora tenemos que llegar hasta la habitación. ¿Vamos a la tuya o a la mía?

–A la que sea –le dijo él.

Lucy tembló de deseo.

–En ese caso, a la que esté más cerca.

Él hizo una mueca.

–Te echo una carrera.

Salió del ascensor y sujetó las puertas hasta que Lucy recogió su bolso y lo siguió, y después recorrió el pasillo con las maletas de los dos a toda velocidad. Cuando Lucy llegó adonde se había detenido, Hayden ya estaba abriendo una puerta con la tarjeta. Se giró hacia ella, la agarró de la cintura y la hizo entrar.

La pesada puerta se cerró detrás de ellos y Lucy tuvo un par de segundos para mirar a su alrededor. Era una lujosa habitación con chimenea de gas y unas bonitas vistas de las montañas. Hayden volvió a besarla, retomando lo que habían estado haciendo en el ascensor, y ella ya no perdió el tiempo. Le desabrochó el cinturón, se lo sacó de los pantalones y lo tiró lejos.

Iba a bajarle la cremallera de los pantalones cuando Hayden le hizo echar las manos hacia atrás para quitarle la camisa por la cabeza.

–Necesito sentir tu piel, probarla.

Pasó la boca por su hombro, le acarició el cuello con los dientes y la lengua.

Ella gimió y retrocedió un paso para apoyarse en la pared que tenía detrás. Hayden la siguió y volvió a besarla en los labios. Lucy le sacó la camisa de los pantalones, como había querido hacer en el ascensor, y él se apartó unos segundos para quitársela por la cabeza. Cuando volvió a pegar su pecho desnudo a ella, Lucy gimió de deseo y tuvo que hacer un esfuerzo para respirar. El vello oscuro le acarició la mejilla mientras Hayden se quitaba los pantalones y los calzoncillos y luego le levantaba la falda y le bajaba las braguitas.

–¿Tienes protección? –le preguntó Lucy en un momento de lucidez.

Él levantó la mano, en la que tenía un sobre plateado.

–Me he metido un par de preservativos en el bolsillo, en caso de emergencia.

–Pues esto es una emergencia –le dijo ella quitándoselo de la mano, abriéndolo y poniéndoselo.

En cuanto hubo terminado, Hayden la levantó para que lo abrazase con las piernas por la cintura. Ella se apoyó en la pared y lo ayudó a penetrarla.

Hayden se quedó inmóvil y la miró con tanto deseo que a Lucy se le aceleró el pulso todavía más.

–No sé si sabes que hay una cama a solo unos metros de aquí –susurró.

–Está demasiado lejos –respondió él, empezando a moverse en su interior y dejando de pensar.

Lo único que podía hacer era sentir, pasar los labios por su garganta, notar cómo iba creciendo la tensión en su interior, hasta que fue tanta que Lucy no pudo contenerse más y se dejó estallar por dentro. Unos segundos después, Hayden dijo su nombre y se estremeció, y ella lo agarró con fuerza mientras intentaba recuperar la respiración. No quería dejarlo marchar. Jamás.

Jamás.

De repente, sintió frío. ¿Jamás? Aquello era solo una aventura. Era algo físico y con una duración limitada.

Bajó las piernas al suelo y dejó que él la condujese hasta la cama. Se preguntó si había expuesto su corazón. Hayden la ayudó a meterse debajo de las sábanas y luego la abrazó. Lucy cerró los ojos con fuerza e hizo caso omiso al cosquilleo que sentía en el vientre. Disfrutaría mientras estuviesen juntos. Y ya se preocuparía por su maltrecho corazón cuando tuviese que hacerlo.

***

Un par de horas después, Hayden aparcó el coche de alquiler delante de una pequeña casa con el porche adornado con coloridas macetas y plantas. Vio en el buzón un cartel con el nombre de *Jessup* y supo que habían encontrado la casa de la mujer que había trabajado para la familia del presidente.

Su instinto le decía que era allí donde Angelica Pierce había iniciado su odisea de pinchazos telefónicos.

Lucy se desabrochó el cinturón y se giró hacia él.

—¿Qué estamos buscando?

Hayden se colocó la corbata y se preguntó si era sensato haber llevado a Lucy. En un principio, solo había pensado en llevársela de Washington, lejos de Angelica, pero para convencerla a acompañarlo le había dicho que iba a ayudarlo en la investigación.

—¿Hayden?

—Dime que puedo confiar en ti —le pidió él.

Ella se sonrojó.

—¿Dudas de mí?

—Sé que estás dividida entre dos lealtades.

—Ya te he demostrado que puedes confiar en mí. No le hablé a Graham de Nancy Marlin cuando tú me pediste que no lo hicieras —le contestó ella—. Estoy del lado de la verdad, Hayden.

Él se relajó un poco y aceptó sus palabras.

–De acuerdo, pero que te quede claro que esta entrevista es confidencial.

–No hay ningún problema, pero tengo que confesarte que estoy deseando ver cómo entrevistas a alguien.

–Suelo hacer las entrevistas solo, pero si hay algo que quieras preguntar, dímelo.

–¿Quién soy yo, el poli bueno o el poli malo? –preguntó Lucy en tono de broma, sonriendo.

Y Hayden tuvo que hacer un esfuerzo para no abalanzarse sobre ella y besar sus bonitos labios.

–Barbara Jessup no ha hecho nada malo, así que yo creo que, en esta ocasión, podemos prescindir del poli malo. Aunque si todavía tienes ganas de jugar cuando terminemos aquí y volvamos al hotel…

Ella se echó a reír y abrió la puerta del coche.

–Primero vamos a hacer la entrevista.

Barbara Jessup era una mujer mayor, con el pelo cano cuidadosamente recogido en un moño y una sonrisa agradable. Hayden hizo las presentaciones en la puerta y le explicó que Lucy trabajaba para ANS y que también estaba trabajando como asesora en el caso.

Barbara los hizo pasar al salón, donde los esperaba una bandeja con galletas caseras, una cafetera y una tetera. Hayden ya había hablado con ella por teléfono y había conseguido que accediese a ayudarlo. Así que después de unos breves minutos hablando de trivialidades, fueron directos al grano.

Hayden colocó su grabadora encima de la mesa

y la encendió, luego tomó su bloc de notas y un bolígrafo.

–¿Habló usted con Angelica Pierce, periodista de ANS?

–Sí. Varias veces. La primera cuando el presidente todavía era senador. Siempre supe que ese chico llegaría lejos –comentó orgullosa.

–¿Y después volvió a hablar con ella, hace poco tiempo?

Barbara tomó el plato de galletas y les ofreció mientras seguía hablando.

–Más o menos cuando fue elegido presidente. La señora Pierce me dijo que tenía que hacerme varias preguntas más.

Hayden aceptó una galleta y la dejó en su plato. Necesitaba tener las manos libres para tomar notas.

–¿Le habló usted de Eleanor Albert y del bebé?

Barbará cambió de postura, incómoda.

–En la primera entrevista, me preguntó por la época del colegio y por sus amigos y quiso saber si todavía quedaba en Fields alguno con el que pudiese hablar. Yo le di varios nombres y, cuando hablamos de Eleanor, le dije que no sabía dónde estaba, y que no la había vuelto a ver desde que dio a luz a su bebé y se marchó de la ciudad.

Como él había sospechado, Angelica se había encontrado por casualidad con la información y había empezado a trabajar en la noticia.

–¿Mencionó usted que el bebé podía ser del presidente?

–¡Por supuesto que no! –dijo Barbara–. ¡Jamás

habría traicionado a la familia, aunque supiese la verdad!

–Y estoy seguro de que ellos se lo agradecen –le contestó él sonriendo de verdad. Le caía bien Barbara Jessup–. Cuando Angelica Pierce vino por segunda vez, ¿volvió a preguntarle por el bebé?

–Por supuesto que lo hizo, pero le contesté que yo no sabía nada.

–¿Pero sabía más de lo que le había contado a Angelica?

–Sé muchas cosas de muchas personas, también del bebé, pero eso no significa que se las vaya a contar a una periodista –respondió Barbara, mirando a Lucy.

Esta frunció el ceño y Hayden sonrió.

–Como le he dicho, Lucy nos está ayudando con la investigación. Puede confiar en ella. ¿Y tiene amigos o familiares que sepan las mismas cosas que usted sabe acerca de Eleanor y del bebé? ¿Habló de ello con alguien por teléfono cuando Angelica se marchó?

Ella se quedó pensativa un instante.

–Llamé a mi amiga Nancy Marlin y le conté cómo había ido la entrevista.

–¿Nancy sabía la historia del bebé?

Hayden había previsto preguntar por Nancy Marlin, ya que Lucy había oído a Angelica y a Marnie hablando de ella, pero era mejor que su nombre surgiese espontáneamente durante la conversación.

–Trabajó un verano para los Morrow, justo el verano que Eleanor se marchó, así que sabía, o sospechaba, tanto como yo.

135

Hayden vio algo en la mirada de Lucy, algo casi imperceptible que casi cualquier otra persona habría dejado pasar, pero él había aprendido a conocerla y era evidente que esta había pensado lo mismo que él.

Volvió a clavar la vista en Barbara Jessup y le sonrió de manera afectuosa.

—Esto es muy importante, señora Jessup. Intente pensar en esa llamada de teléfono, por favor. ¿Alguna de las dos mencionó durante esa conversación la posibilidad de que ese bebé fuese de Ted Morrow?

Ella se llevó la mano a la boca y abrió mucho los ojos.

—¿Es todo culpa mía? —preguntó—. Ni siquiera estaba segura de que fuese su hijo. Oh, Dios mío, ¿qué he hecho?

Lucy se cambió de sofá para sentarse al lado de Barbara e intentó reconfortarla apoyando la mano en su brazo.

—No, señora Jessup. No es culpa suya. Usted lo hizo muy bien cuando la entrevistaron. Supo guardar los secretos de los Morrow.

Hayden estaba seguro de que, después de que Ted Morrow hubiese sido elegido presidente, Angelica, como muchos otros periodistas, había vuelto a buscar alguna noticia diferente que pudiesen sacar en televisión. Era probable que hubiese revisado las entrevistas que había hecho anteriormente y que hubiese buscado más información acerca de Eleanor Albert. Entonces, se habría enterado de que esta había salido con Morrow. No había nada que hablase de que Eleanor había tenido un bebé, ni de Eleanor después del instituto, por lo que Angelica no habría podido averiguar si el niño podía haber sido del presidente.

Así que había vuelto a Fields a entrevistar a las mismas personas otra vez y a ponerles micrófonos en el teléfono. Y había tenido un golpe de suerte cuando había oído a Barbara y a su amiga Nancy hablar del bebé y mencionar que era posible que fuese hijo de Ted Morrow. Entonces, lo más probable era que Angelica les hubiese pedido a Ames y a Hall que contratasen a los piratas informáticos y que espiasen a los familiares y amigos de Ted Morrow y de Eleanor Albert. Todas las piezas del puzle estaban empezando a encajar.

–Siento decirle, señora Jessup, que es probable que tenga el teléfono pinchado y que alguien haya escuchado sus conversaciones privadas.

–Pues eso está muy mal –dijo la mujer.

Lucy lo miró a los ojos solo un instante, pero Hayden supo que ambos pensaban igual. Eso lo reconfortó.

–Estoy de acuerdo –comentó–. Y trabajaré duro para conseguir que el responsable se enfrente a la justicia. Mientras tanto, voy a mirar su teléfono. Y, si me da una lista de las personas con las que piensa que hablaron Angelica y su equipo, comprobaré sus teléfonos también.

–Es usted un buen hombre, señor Black –comentó Barbara. Luego miró a Lucy y le dio una palmadita en la mano–. No lo dejes escapar.

Lucy abrió la boca, atónita. Hayden, que se estaba llevando la taza de café a los labios, vaciló. Si Barbara Jessup había sospechado de su relación, tendrían que ser mucho más cuidadosos.

Y aunque pudiese admitir que entre Lucy y él había algo, ninguno de los dos iba a retener al otro a su lado. Lo que ellos tenían era temporal. Físico y temporal.

Antes de que a Lucy le diese tiempo a responder, Hayden se levantó y fue hacia el teléfono que había en un rincón de la habitación.

—Empezaré por este.

Después de entrevistar a Barbara Jessup, Hayden y Lucy pararon a comer. Mientras él esperaba a que les hiciesen los sándwiches, Lucy encontró una bonita mesa en la acera. El ambiente de la ciudad era interesante, había una mezcla de cosas tradicionales con otras nuevas, y Lucy no tardó en quedarse ensimismada observando a la gente.

—¿Lucy? ¿Eres tú?

Ella se giró en la silla y vio a su tía, una mujer alta y elegante, que acababa de salir de la tienda de esquí que había al lado. Lucy se puso en pie y le dio un abrazo.

—Tía Judith —la saludó, apretándola con fuerza.

Su tía retrocedió, sacó un pañuelo de su bolso y se limpió los ojos.

—No sabía que estabas en Fields, cariño. Tenías que haberme avisado.

Lucy parpadeó porque también tenía los ojos

empañados. Tenía que hacer más por ver a la familia de su padre, un par de veces al año no era suficiente. Era cierto que estaba muy ocupada, y que todo había sido más sencillo antes de la muerte de su padre, pero la familia era importante.

–He venido por trabajo –le contó, prometiéndose a sí misma que volvería a visitarla pronto–. Si no, te habría llamado.

Judith sonrió.

–¿Cuánto tiempo vas a quedarte?

–Solo esta noche.

–Pues tienes que venir a cenar a casa.

Ella miró hacia la cafetería, donde Hayden estaba esperando que le sirviesen.

–He venido con un compañero de trabajo.

–Tráelo –le dijo Judith–. Philip y Rose están aquí, así que seremos un agradable grupo.

Lucy vio acercarse a Hayden con el rabillo del ojo. ¿Cómo reaccionaría frente a la invitación? Había dejado muy claro lo que pensaba de la familia de su exmujer, no había querido heredar su dinero. De hecho, había despreciado su lujosa forma de vida. Tía Judith era la hermana de su padre, una Royall de la cabeza a los pies, y era una mujer rica, con gustos caros.

Se apartó de su tía y se giró hacia Hayden, que dejó los sándwiches y las bebidas sobre la mesa.

–Judith, este es Hayden Black. Hayden, mi tía, Judith Royall-Jones.

Hayden le tendió la mano.

–Es un placer conocerla.

–Lo mismo digo, señor Black. Le estaba diciendo a Lucy que lo trajese a cenar esta noche a casa.

Hayden se giró hacia Lucy con una ceja arqueada y ella sacudió la cabeza. Quería ahorrarle una situación que podía parecerle incómoda.

–No vemos mucho a Lucy, así que no voy a aceptar un no por respuesta –añadió Judith, entrelazando su brazo con el de Lucy y sonriendo.

Parecía muy segura de cuál iba a ser la respuesta de Hayden.

Este miró a su tía y después a ella, y luego sonrió de manera encantadora.

–En ese caso, será un placer.

Capítulo Nueve

Esa noche, Hayden condujo el coche de alquiler por la carretera de la montaña hasta la casa de la tía de Lucy.

Habían pasado la tarde visitando a los amigos de Barbara Jessup a los que Angelica había entrevistado y comprobando sus teléfonos. La mayoría estaban pinchados. Hayden quería entrevistar a un par de personas más a la mañana siguiente, y luego, a la hora de comer, Lucy y él tomarían un vuelo de vuelta a Washington, pero antes de eso tenía que cenar con parte de la familia de Lucy.

Miró hacia el asiento del copiloto y vio a Lucy mirando por la ventanilla. Parecía perdida en sus pensamientos.

–¿Quién va a estar en la cena? –le preguntó él.

Lucy se giró a mirarlo y se metió un par de mechones de brillante pelo detrás de la oreja.

–Tía Judith y tío Piers, es su casa. Y mi primo Philip y su esposa, Rose. No ha dicho que fuese a venir nadie más, pero con Judith nunca se sabe.

Alargó la mano y la apoyó en el muslo de Hayden.

–Siento haberte metido en esto –le dijo.

–No pasa nada. Además, a lo mejor quiero conocer a parte de tu familia.

Era cierto, sentía curiosidad por los Royall. Durante su matrimonio, siempre había pensado que Brooke había sido tan caprichosa porque había crecido en una familia muy rica. Pero la de Lucy tenía mucho más dinero y esta no se había comportado de manera caprichosa ni petulante en ningún momento.

Era evidente que ambas mujeres habían sido criadas de manera muy distinta.

Puso la mano encima de la suya.

—Pero si lo sientes, puedes compensarme más tarde.

Ella se echó a reír.

—Trato hecho.

Lucy le indicó cómo llegar y, al tomar el camino que llevaba directamente a la casa, Hayden silbó sorprendido.

—No me esperaba semejante mansión.

Era enorme. Tenía cuatro pisos construidos sobre la ladera de la montaña. Había ventanales y madera por todas partes, de muchas ventanas salía un suave destello dorado y una alfombra de flores serpenteaba entre los caminos. Parecía una casa sacada de un cuento de hadas.

—A tía Judith le gusta vivir bien —comentó Lucy en tono irónico.

Él se echó a reír. Eso era evidente, solo hacía falta ver la casa.

Judith los recibió en la puerta. Tomó las manos de Lucy y se las apretó cariñosamente.

—Lucy, cariño, no sabes la ilusión que me ha hecho verte hoy en la ciudad.

–A mí también –respondió esta en tono cariñoso.

–Señor Black –añadió Judith, sonriendo afablemente a Hayden–. Me alegro de que esté aquí.

Él le dio la mano. Era una mujer alta, con el pelo canoso y brillante y los ojos castaños, similares a los de Lucy. Le había caído bien.

–Llámeme Hayden.

–En ese caso, tú tienes que llamarme Judith. Entrad, por favor.

Los guio por la casa, que estaba llena de ventanales y madera. Pasaron por delante de varias chimeneas encendidas. Los suelos estaban cubiertos por gruesas alfombras que ayudaban a mantener la casa caliente en una fresca noche de primavera.

Llegaron a una gran biblioteca con las paredes amarillas claras, flores frescas en jarrones y estanterías hasta el techo. Allí había tres personas, todas con una copa en la mano. Hayden las reconoció por las descripciones que Lucy le había hecho; eran Piers, Philip y Rose. Piers y Philip se acercaron a abrazar a Lucy y Judith hizo las presentaciones.

Unos minutos más tarde, Hayden tenía un Martini en la mano y estaba charlando con Philip acerca de esquí y de vino tinto. De vez en cuando su mirada se cruzaba con la de Lucy, que estaba al otro lado de la habitación, y se perdía un poco en la conversación, pero, al parecer, disimulaba bastante bien y Philip no se había dado cuenta.

Estaban hablando de cómo escoger un buen

merlot cuando Judith los interrumpió para decirles que la cena estaba lista.

El salón tenía unas espectaculares vistas de la ciudad. Hayden se sentó con Lucy a un lado y Rose al otro, y le sirvieron unos champiñones estofados, que eran uno de los platos favoritos de la familia. Después llegó el plato principal y el grupo continuó charlando animadamente.

–Dime, Hayden –le dijo Judith en tono dulce después de que hubiesen terminado el plato principal–. ¿Estás casado? ¿Soltero?

Este se aclaró la garganta antes de contestar.

–Viudo.

–Oh, cómo lo siento –comentó Judith en tono comprensivo, pero dispuesta a seguir con el tema.

Hayden cambió de postura en la silla y se preparó para desviar la conversación.

–Hayden tiene un niño pequeño –Lucy intervino a su lado.

Él contuvo una sonrisa; Lucy intentaba protegerlo de su familia. Era una buena mujer.

–¿Cuántos años tiene? –preguntó Judith.

Hayden dio un sorbo a su copa de vino.

–Acaba de cumplir uno.

–Qué edad tan bonita –dijo Judith–. Todavía me acuerdo de cuando Philip tenía un año. Era tan dulce… se pasaba el día arrancando flores para regalármelas.

Philip miró a Lucy desde el otro lado de la mesa, parecía divertido y exasperado al mismo tiempo, pero Judith, que o no se había dado cuenta o no le importaba, continuó:

–Cuando Philip tenía un año, siempre iba con alguna de sus hermanas. Siempre se aprovechaba de que era el pequeño.

–Un chico listo –le dijo Hayden a Philip sonriendo.

–¿Cómo se llama tu hijo? –le preguntó este.

–Joshua. Josh.

Se le encogió el pecho de lo mucho que lo echaba de menos. No había pasado una noche sin él desde la muerte de Brooke y estaba deseando verlo al día siguiente.

Judith se inclinó hacia delante.

–¿Tienes una fotografía suya?

Hayden sacó una de la cartera y se la pasó a Rose, que estaba sentada a su lado, después de mirarla él un instante.

–Ahora tiene un par de meses más, pero está muy parecido. Un poco más grande.

–Es precioso –comentó Rose, pasando la foto.

Hayden se sintió orgulloso. Tenía el mejor hijo del mundo.

–Supongo que le estarás buscando una nueva madre –le dijo Judith, sonriendo para disimular la falta de tacto.

–Mamá –intervino Philip–. Ha perdido a su mujer hace poco tiempo. Déjalo descansar.

–No pasa nada –dijo Hayden–. Solo han pasado tres meses, pero, no, no voy a buscar una nueva madre. No quiero volver a casarme.

Resistió el impulso de mirar a Lucy para ver cómo reaccionaba, pero esta sabía que su relación era temporal, así que aquello no debía haberle pillado por sorpresa.

–Tal vez con el tiempo… –empezó Judith, pero se interrumpió al ver que Hayden negaba con la cabeza.

–No es una cuestión de tiempo, ni de que se cure la herida. Se trata de Josh. A lo mejor os parece egoísta, pero no estoy preparado para compartir la toma de decisiones relativa a Josh otra vez.

Judith lo miró con interés.

–¿No estabas de acuerdo con la manera que tenía tu esposa de criar al niño?

–En absoluto –admitió él con toda sinceridad, cosa que pareció gustar a Judith–. De hecho, se me dejó fuera de la mayoría de las decisiones. Como es evidente, yo tenía que haber intentado imponerme y no lo hice. No quiero arriesgarme a que vuelva a ocurrir.

–¿Y el amor? –preguntó Judith–. El amor no se puede controlar.

–Me importa más Josh que el amor –le contestó Hayden–. Sé que no soy un padre perfecto. Todavía tengo mucho que aprender, pero tengo claro lo que quiero para él y no lo arriesgaría, ni siquiera por amor.

–Tía Judith –dijo Lucy–. Estaba pensando en enseñarle a Hayden el jardín antes del postre. Es precioso incluso de noche. Además, yo creo que ya ha soportado bastantes preguntas por esta noche.

Todos se echaron a reír, incluida Judith.

—Por supuesto, salid –dijo, señalando la puerta.

—Vamos –susurró Lucy.

Hayden la siguió por un pasillo hasta una pequeña habitación en la que había botas, abrigos y otras cosas. Le alegró poder estar un rato con ella a solas. Su familia era muy agradable, pero prefería estar con ella.

Lucy tomó dos abrigos de las perchas y le dio uno.

—Por la noche hace frío.

Él la ayudó a ponerse el suyo y luego se abrigó antes de salir. El jardín estaba lleno de flores, muchas cerradas porque era de noche, pero aun así parecía un lugar mágico bajo la luz de la luna.

—Siento que Judith te haya interrogado –le dijo Lucy mientras andaban por un camino–. La intención es buena, pero está acostumbrada a ser la matriarca y a hacer y decir lo que le apetece.

Él la agarró de la mano y entrelazó los dedos con los suyos. Le encantaba tocar su piel.

—No me ha importado. Me recuerda a mi madre. Un poco cotilla, pero buena gente.

Siguieron andando, y luego se detuvieron y Lucy señaló el cielo.

—Mira la luna. Me pregunto si está menguante o creciente. Se me olvidan estas cosas, viviendo en la ciudad.

—Está muy bonita –susurró él–, pero no es lo más bonito esta noche.

Apoyó la palma de la mano en su mejilla y le acarició el labio inferior con el dedo pulgar. Era preciosa. Incandescente. Y cuando lo miraba con deseo, hacía que se sintiese perdido. Hayden inclinó la cabeza y la besó en los labios. No podía dejarse llevar en el jardín de su tía, así que cuando vio que el beso empezaba a volverse más apasionado, se apartó.

–Lucy, tenemos que parar.

–Tienes razón –admitió ella, cerrando los ojos, sin soltarlo.

–Y no podemos entrar en casa todavía. Si te viesen como estás ahora, con las mejillas sonrojadas y los labios henchidos, sabrían sin duda lo que hemos estado haciendo.

Aunque él se habría sentido muy orgulloso de poder entrar en la casa y proclamar que acababa de besarla apasionadamente bajo la luz de la luna.

Cualquier hombre se habría sentido orgulloso de estar con Lucy. Pero su relación tenía unas normas y debía mantenerse en secreto, a pesar de que eso le gustase cada día menos. Se pasó una mano por el pelo.

–¿Y si charlamos un par de minutos? Hasta que se nos quite la cara de tontos.

Ella metió las manos en los bolsillos del abrigo y lo miró.

–¿Piensas de verdad lo que le has dicho a Judith de que no quieres volver a compartir a Josh? ¿Que quieres ser siempre padre soltero?

–Sí.

Le había dado muchas vueltas al tema durante los tres últimos meses. Era lo mejor para todo el mundo, estaba seguro.

–Es un poco triste –comentó ella–. No quiero pensar que vas a estar solo el resto de tu vida.

A Hayden no le gustó que se compadeciese de él. Era su decisión y estaba contento con ella.

–No será el resto de mi vida, solo mientras Josh sea pequeño. Y no estaré siempre solo. Lo que no quiero es volver a casarme.

Ella miró hacia la ciudad.

–Me sigue pareciendo triste.

Hayden le hizo girar el rostro con un dedo.

–Solo piensas que es triste porque tienes un gran corazón.

–Tú también tienes corazón –le respondió ella.

Hayden tuvo la sensación de que Lucy le quería decir algo más. Tal vez aquella fuese su manera de expresarle que no tenía por qué estar solo, que ella quería que su relación continuase.

Se le encogió el pecho. No podía permitir que pensase esas cosas porque no quería decepcionarla.

–Tal vez una vez tuve un gran corazón –dijo él con cautela. Necesitaba que Lucy lo entendiese–, pero ya no lo es. El tuyo todavía es fresco y puro.

Le puso la mano en el pecho y sintió los latidos de su corazón.

–Demasiado puro para que alguien como yo lo contamine. Odio admitirlo, pero cuanto antes salga de tu vida, mejor para ti. Aunque no puedo negar que te echaré mucho de menos.

–Y yo a ti –admitió ella, respirando hondo–. A lo mejor si voy a Nueva York…

–No, lo mejor es cortar por lo sano. ¿Recuerdas nuestras normas? No crear vínculos emocionales, solo físicos. Si seguimos con esto, se convertirá en algo que ninguno de los dos queremos. En algo que puede llegar a ser amargo, y no quiero que nada estropee los recuerdos que me voy a llevar de ti.

–Yo también te recordaré siempre –contestó ella.

Hayden vio cómo se le humedecían los ojos y no pudo evitar volver a besarla bajo la luz de la luna.

Quería crear todos los recuerdos posibles hasta el inevitable momento de la separación.

Lucy y Judith llevaron los platos del postre a la cocina una hora después.

–Gracias por invitarnos. Ha sido estupendo veros.

Su tía le dio un abrazo.

–Ojalá nos viésemos más.

Después de varios segundos, la soltó y empezó a apilar los platos.

–Qué pena que ese hombre tuyo no quiera volver a casarse.

–No es mío –le dijo Lucy, abriendo el grifo para enjuagar las copas de vino.

–He visto cómo te mira, Lucy. Es tuyo, aunque sea solo de manera temporal. Además, no te quedaba pintalabios cuando habéis vuelto del jardín.

Sin pensarlo, Lucy se llevó la mano a los labios,

luego la bajó y vio sonreír a Judith. Cerró el grifo y se apoyó en la encimera para mirar a su tía.

–Es temporal. Y aunque a él le interesase algo más, yo no creo que quisiera. Estoy cansada de cómo me trata la gente solo por ser hija de papá y de Graham, así que lo último que necesito es estar con un hombre mayor que también es rico.

–Pues a mí me gusta –comentó Judith.

–A mí también –admitió ella, mordiéndose el labio inferior.

Era la primera vez que admitía que le gustaba Hayden. Tal vez estuviese incluso empezando a quererlo, pero de nada servía definir sus sentimientos. Sintiese lo que sintiese, su aventura pronto se terminaría.

Judith le sonrió.

–Si hay algo que he aprendido a lo largo de los años con respecto a las relaciones, es que gustarse lo suficiente es lo único que importa en realidad –comentó, colocándole a Lucy un mechón de pelo detrás de la oreja y frotándole el brazo–. Es lo único que importa.

Ella le devolvió la sonrisa, pero no respondió.

Judith llevaba treinta y dos años felizmente casada con el que había sido su novio del instituto, así que para ella las cosas eran bastante sencillas. Para el resto del mundo, las relaciones eran algo complicado que unas veces salía bien y otras, no.

Tal vez, si hubiese conocido a Hayden diez años después, lo suyo habría podido funcionar. Ella ya tendría una estabilidad, sabría quién era sin tener que estar respaldada por un hombre fuerte, y Hayden tendría un hijo de once años y no se mostraría tan reacio a tener una mujer en su vida. Quizás su diferencia de edad no importase tanto si ella tuviese treinta y dos años y él, cuarenta y dos.

Pero las cosas eran como eran y desear que fuesen distintas no la iba a ayudar lo más mínimo cuando Hayden y Josh se marchasen de Washington.

Cuatro días después, Hayden tomó a Lucy por la cintura y cerró el grifo de la enorme ducha con el codo.

Habían hecho el amor en la cama de esta, y luego él le había sugerido que se diesen una ducha antes de irse a trabajar, pero al ver el cuerpo desnudo de Lucy cubierto de agua, el resultado había sido inevitable. Por suerte, aquello era solo una aventura, porque Hayden no estaba seguro de poder sobrevivir a una relación estable con ella.

Lucy lo miró satisfecha.

–Tienes una imaginación maravillosa, Hayden Black.

–Me gusta complacer –respondió él sonriendo y haciendo un esfuerzo para salir de la ducha.

Le dio una toalla azul a Lucy, pero se arrepintió al ver que se envolvía en ella. Suspiró resignado. Era una pena tapar un cuerpo así.

Ella lo miró con una ceja arqueada.

–¿Vas a secarte, o vas a esperar a que se escurra toda el agua?

–Solo estaba admirando las vistas –respondió él, empezando a secarse–. ¿Qué tienes que hacer hoy?

Lucy salió a su dormitorio y sacó un conjunto de lencería blanco de un cajón.

–Tengo que seguir investigándote. Graham quiere preparar el programa la semana que viene, tengamos material suficiente o no.

Dejó caer la toalla y se puso las braguitas blancas. Hayden tragó saliva.

–Buena suerte.

No le hacía ninguna gracia que fuesen a hablar de él en televisión, pero era el precio que tenía que pagar por su trabajo. No tenía ningún oscuro secreto que ocultar. Y si se inventaban alguna historia, ya lidiaría con ella cuando llegase el momento.

–Dame alguna pista –le pidió ella, poniéndose el sujetador y empezando después a cepillarse el pelo–. ¿Copiaste en un examen de Historia en el instituto? ¿Participaste en una pelea callejera?

–Está bien. Solo te contaré que organicé un boicot de la cafetería del colegio.

Ella lo miró a los ojos a través del espejo.

–Por favor, dime que hiciste algo radical, como quemar una bandera.

–Ocho niños resultaron intoxicados en la misma semana y nadie quiso investigar qué había pasado. Así que boicoteamos la cafetería hasta que el colegio mandó a alguien a indagar. Despidieron a un par de trabajadores que no estaban haciendo bien las cosas y endurecieron las medidas de higiene.

–Sí, eso es justo lo que necesitamos –respondió ella en tono irónico–. Vas a parecer un héroe, luchando por la justicia y por la verdad desde niño.

Tal vez hubiese dicho aquello en tono de broma, pero era evidente que se sentía orgullosa de él, y a Hayden le gustó.

Sonrió.

–Es todo lo que tengo.

–Bueno, a lo mejor puedo darle un giro a la historia –le dijo ella, acercándose al armario para sacar una blusa verde clara. Se la puso–. ¿Qué vas a hacer tú hoy?

Él se puso los pantalones, los calcetines y los zapatos y tardó un momento en decidir qué quería contarle a Lucy. Esta le había demostrado que podía confiar en ella, pero aquella información era de otro nivel. Iba a ir a ver a un juez para que le diese permiso para espiar a Angelica Pierce. Y esta no podía enterarse por ningún medio.

Lucy se puso unos pantalones color crema y se los abrochó antes de colocar los brazos en jarras.

–¿Alguna misión supersecreta? –bromeó.

Él se pasó una mano por la mandíbula.

–Tal vez sea mejor que no te lo cuente.

–Estás de broma, ¿no? –dijo ella con incredulidad–. Yo he hecho todo lo que me has pedido, incluido no contarle a Graham que Angelica es Madeline Burch. ¿Por qué no confías en mí ahora?

Lucy tenía razón, pero aquello era diferente.

–Me has ayudado mucho con la investigación, pero lo que quieres es limpiar el nombre de Graham. Si en un momento dado tienes que elegir, elegirás a Graham frente a mí.

–Por supuesto que voy a apoyar a Graham –respondió Lucy con cautela–. Es inocente. ¿Me estás diciendo que tienes pruebas contra él?

Hayden negó con la cabeza.

–No, pero no creo que tarde en encontrarlas. Si tienes que elegir entre la verdad y tu padrastro, ¿qué elegirías, Lucy?

–¿Ahora estás cuestionando mi integridad? –le preguntó ella enfadada.

–La mayoría de las personas tienen un punto de inflexión en alguna parte, pero no saben dónde está hasta que llegan a él.

–¿Y tú, el famoso detective, también lo tienes? –inquirió Lucy, mirándolo fijamente.

Después de unos segundos, su mirada se enterneció.

–Josh –añadió.

Hayden asintió. Todo su cuerpo estaba en tensión.

Había permitido que Brooke criase al niño a su manera a pesar de no estar de acuerdo. Y no había nada más importante que él. Ni una mujer, ni su carrera, ni siquiera su propia vida.

Josh era su punto de inflexión.

El de Lucy era Graham. Y este estaba metido en asunto con Angelica. Hayden no tenía la menor duda.

–Sé sincera –le pidió a Lucy, sentándose en el borde de la cama–. Si Graham hubiese hecho algo ilegal, no pinchar teléfonos, sino algo completamente distinto. Si hubiese hecho algo ilegal y eso le hubiese hecho daño a otra persona, ¿lo delatarías?

Lucy frunció el ceño.

–No se puede responder a esa pregunta sin saber qué se supone que ha hecho.

–Con esa respuesta me lo dices todo.

Quería decir que Lucy habría encubierto a Boyle, dependiendo del delito.

Ella se cruzó de brazos y golpeó el suelo con el pie.

–Respóndeme ahora tú a mí.

–Claro.

–¿Lo que vas a hacer hoy es legal?

–Por supuesto –respondió él, sorprendido por la pregunta.

–¿Es ético? –insistió Lucy.

–Para mí, sin dudarlo.

Lucy se sentó a su lado en la cama.

–Entonces, cuéntamelo y te prometo que te ayudaré.

Hayden la miró y barajó sus opciones. Luego, tomó la decisión: podía confiar en ella.

–Voy a conseguir la orden de un juez para poner a Angelica bajo vigilancia.

–¿Eso es todo? –preguntó Lucy con escepticismo.

–Si se entera a través de Boyle, no servirá de nada tenerla controlada. Así que debo ser extremadamente cuidadoso. No obstante, tengo pruebas sobre Angelica para pedirle al juez la orden. Si las tuviese sobre Boyle, también la pediría.

–La palabra clave es *si. Si* tuvieras pruebas sobre él –argumentó Lucy–. No las tienes porque no existen.

–Seguro que vigilando a Angelica averiguamos algo de Boyle –le dijo él–. ¿Todavía quieres ayudarme?

–Por supuesto –contestó Lucy sin dudarlo–. Quiero estar allí cuando Angelica se incrimine e incrimine a quien la haya ayudado.

–Yo también.

Capítulo Diez

–Hola, Roger –dijo Lucy, saludando al guardia que vigilaba ANS esa noche antes de dirigirse con Hayden hacia los ascensores.

Era poco después de la medianoche, así que solo había algún trabajador en los estudios donde se grababan programas nocturnos.

Era el único momento del día en que Hayden podía ir a intervenir el teléfono de Angelica. En cuanto el juez le había dado la orden, Hayden había pedido a varios técnicos de su empresa que pinchasen las líneas de Angelica, pero no quería dejar nada a la suerte en aquel caso, lo que significaba ponerle él mismo un micrófono en el teléfono del trabajo.

Las puertas del ascensor se cerraron y se quedaron solos, pero Lucy ya le había advertido a Hayden que había cámaras. Estaba nerviosa. Aquello tenía que funcionar. Tenían que averiguar con quién estaba trabajando Angelica y limpiar el nombre de Graham.

–Hoy ha hecho un día precioso –comentó.

Era sospechoso, ir en el ascensor tan callados. Si alguien los sorprendía, le diría a Graham que había hecho de agente doble y que había llevado a Hayden al despacho para enseñarle parte de la información que había conseguido, a ver si así se ponía nervioso y le desvelaba algo más.

–Sí, ha hecho calor y buena temperatura, estupendo para Josh –respondió él con naturalidad.

Aunque era normal que estuviese más tranquilo que ella. No tenía tanto que perder. Para él era otro caso más, mientras que la familia de Lucy estaba en juego.

El ascensor llegó a la octava planta, en la que a esas horas no había nadie. El despacho de Angelica estaba al fondo del pasillo, junto al de otros periodistas veteranos, mientras que Lucy tenía un escritorio en uno de los cubículos situados en el centro de la planta.

–Por aquí –dijo, guiándolo por un pasillo de paredes de cristal. La luz de la luna iluminaba lo suficiente para no necesitar luz artificial, una suerte, porque así no llamarían la atención.

–¿Cuál es tu escritorio? –le preguntó Hayden en voz baja.

Ella se lo enseñó.

–Está más recogido que el resto –comentó él.

–Me gusta ser ordenada –respondió ella, observando que todo estaba en su sitio.

Hayden arqueó una ceja.

–Yo soy ordenado, pero mi escritorio está peor que este.

–Tu escritorio siempre está limpio –dijo Lucy.

Lo mismo que la suite que utilizaba como despacho para la investigación.

–En realidad, ese no es mi escritorio. El de Nueva York tiene montones de documentos y bandejas llenas de papeles, como tiene que estar un escritorio.

Ella se acordó de la pila de libros sobre bebés que había visto en la habitación de Josh y el modo en que Hayden extendía los papeles sobre la mesa cuando ella lo ayudaba por la noche con la investigación. El caos organizado le pegaba más que el orden absoluto y le gustó haber podido conocer esa parte, más íntima, de él.

–¿Dónde está el despacho de Angelica? –le preguntó él.

–Allí –respondió ella, señalando la habitación que había al otro lado del estrecho pasillo–. Mi escritorio está orientado de tal manera que veo su sonriente cara a todas horas.

Oyeron un pitido del ascensor y ambos se quedaron inmóviles. Las puertas se abrieron y la voz aguda de Angelica invadió el aire.

–No, eso no puede ser. Si quieres participar en la noticia tendrás que presentarme el informe a las ocho de la mañana. Fin de la discusión.

Luego, un momento después, habló consigo misma.

–Imbécil.

Todo se quedó en silencio y solo se oyeron los tacones de Angelica golpeando el suelo. Iba hacia ellos.

Lucy miró a Hayden y se le aceleró el pulso. Si Angelica los veía era posible que sospechase de lo que estaban haciendo y les estropease el plan.

Hayden la agarró del brazo para que se agachase y ambos se metieron en silencio debajo del escritorio. El espacio era tan poco que Lucy tuvo que ponerse sobre su regazo y apoyar la mejilla en su pecho. El corazón de Hayden estaba tan acelerado como el suyo.

Los pasos de Angelica llegaron a su despacho, que estaba a escaso metro y medio de allí, y separados solo por una mampara. Encendió la luz y esta salió por la puerta, pero debajo del escritorio seguían estando en relativa oscuridad. Hayden le acarició el brazo y a ella se le puso la carne de gallina. Se miraron a los ojos y Lucy se estremeció.

–Te deseo –le dijo él en un susurro.

–Estás loco –contestó ella.

Hayden sonrió y le desabrochó el primer botón de la blusa. Ella no supo si reír o derretirse. Cuando sus labios la tocaron, dejó de pensar.

Pero entonces oyeron más pasos. Hayden dejó de besarla y volvió a abrocharle el botón.

–Luego –le dijo al oído.

–Gracias por venir –dijo Angelica.

Como tenía la puerta abierta, se la oía con toda claridad. Hayden sacó su teléfono y le dio a un botón. Lucy supuso que iba a grabar la conversación.

–¿Qué es tan importante que no podía esperar a mañana?

Lucy se estremeció al oír la voz de Graham, pero Hayden la tenía abrazada y no la dejaba moverse. Que Graham se reuniese con Angelica a aquellas horas no pintaba bien, aunque Graham trabajase siempre hasta tarde. Seguro que había una explicación.

–Algo que hace mucho tiempo que quiero decirte –continuó Angelica.

–Bueno, pues suéltalo. No tengo toda la noche –respondió Graham.

–¿No? –le preguntó Angelica con voz melosa–. ¿Ni siquiera para tu hija?

–¿Qué demonios…? –preguntó Graham–. ¿Me estás diciendo…?

Hayden hizo que Lucy levantase el rostro y lo mirase, pero ella se encogió de hombros. No sabía más que él, pero aquello no le estaba gustando nada.

–Mamá siempre decía que había heredado tu barbilla –comentó Angelica–. Seguro que te has fijado alguna vez.

–¿Madeline?

–Madeline –repitió Angelica riendo–. Hace mucho tiempo que no utilizo ese nombre.

–Llevas cinco años trabajando aquí. ¿Por qué no me has dicho antes que eras tú?

–¿Y darte así la oportunidad de que me rechazases por segunda vez?

–¡Yo no te rechacé! Te apoyé económicamente. Me aseguré de que no te faltase nada.

Lucy sintió náuseas. Lo único que hacía que no se derrumbase fue la mano de Hayden acariciándole el pelo. ¿Angelica era hija de Graham? ¿Eran hermanastras? ¿Por eso la odiaba tanto?

–Sí, lo tenía todo –le respondió Angelica–. Salvo un padre. Al parecer, estabas guardando todo el cariño para tu querida Lucy.

Hayden agarró a Lucy con más fuerza.

–Esto no tiene nada que ver con Lucy –rugió Graham.

–Tienes razón –admitió Angelica–. Solo tiene que ver contigo. De hecho, es el único motivo por el que estoy en ANS.

–¿Qué estás diciendo? Por supuesto que estás aquí por mí, yo te traje de NCN.

–Tengo entendido que tienes problemas con el Congreso. Y me parece que no se van a conformar con detener a Brandon Ames y a Troy Hall. Están buscando al cerebro de la trama.

Hubo un breve silencio, y luego Graham lo rompió:

–Fuiste tú.

Angelica se echó a reír.

–No hay ninguna prueba.

–Tú manipulaste a Ames y a Hall. Sacaste lo peor que había en ellos.

–Creo que me confundes con alguien, pero, sea quien fuere, no le debió de costar mucho sacar lo peor de esos dos.

–¿Y Marnie? Tú la trajiste aquí.

–No me sorprendería que estuviese implicada –admitió Angelica–. Está desesperada por llegar a lo más alto.

–Y tú la manipulaste para que me presentase el plan.

–No, yo no la manipulé. Debió de ser idea suya.

Graham suspiró.

–Mira, no quiero hablar de todo eso. No ahora que he vuelto a encontrarte.

–Claro, estabas buscándome desesperadamente –dijo Angelica en tono sarcástico.

–Siento no haberlo hecho. Aunque al menos yo no soy como el idiota del presidente, que abandonó completamente a su hija y no quiso saber nada de ella. Yo te pagué una manutención.

–¿Me pagaste? –inquirió ella–. Vas a seguir pagando. Buena suerte.

–Angelica... –dijo Graham, claramente confundido.

–Adiós, papá –lo interrumpió ella.

Y se volvió a oír el sonido de sus tacones por el pasillo.

Lucy se zafó de Hayden, salió de debajo de la mesa y corrió al despacho de Angelica. Graham estaba inmóvil, completamente pálido. Lucy se quedó a un par de pasos de él, sin saber qué hacer o qué decirle. Ambos se quedaron en silencio.

Finalmente, Graham se dejó caer en el sillón de Angelica.

–Lo has oído todo –comentó.

–Sí –le respondió Lucy.

–Lucy, lo siento mucho. Lo siento por todas las personas que han sufrido o que van a sufrir por culpa de esto, pero, sobre todo, lo siento por ti –le dijo, bajando la vista a los zapatos–. Te quiero más que a nada en el mundo.

Ella deseó abrazarlo y decirle que todo iría bien, pero habría mentido.

–Lo sabías –le dijo–. Llevo todo este tiempo defendiéndote, creyendo en ti, y tú autorizaste todas esas actividades ilegales.

–No sé qué decir.

–Deberías empezar por decir que lo sientes por Ariella Winthrop, por haber permitido que se enterase de la identidad de su padre en directo, apareciendo en una cadena nacional de televisión.

–Eso fue un desafortunado efecto secundario.

A Lucy se le encogió el estómago al verlo tan poco arrepentido.

–¿También fue mala suerte que el nombre de Ted Morrow resultase manchado?

–No –admitió él, apretando la mandíbula.

–¿Tanto lo odias?

–Lo cierto es que he estado enamorado dos veces en mi vida. Una, de tu madre. La otra, de Darla Sanders, en el instituto. Pensé que ella me quería también, que teníamos un futuro juntos, pero Ted Morrow me la quitó. Y el muy cerdo ni siquiera se casó con ella.

Lucy abrió la boca, pero volvió a cerrarla. No podía creer lo que acababa de oír.

–¿Le guardas rencor por algo que sucedió hace treinta años?

–Bueno, en realidad lo hice porque la gente tiene derecho a saber quién es su presidente.

Lucy apoyó las manos en las caderas.

–La gente también tiene derecho a esperar que se cumplan las leyes.

Él sonrió de medio lado.

–Eres igual que tu madre, Lucy. Y estoy orgulloso de ello.

El cumplido no la reconfortó como había ocurrido en otras circunstancias, sino que hizo que se sintiese a punto de estallar.

Se frotó las sienes e intentó controlarse. No quería caerse redonda en el despacho de Angelica, necesitaba respuestas.

–¿Y Angelica? –le preguntó–. ¿De quién es hija?

Él suspiró.

–La crio su madre, pero parece ser que heredó mi crueldad.

Hayden entró en el despacho y Lucy dejó de respirar. Se había olvidado de que estaba fuera, escuchándolos.

–¿Qué está haciendo él aquí? –rugió Graham.

Hayden se metió las manos en los bolsillos y se quedó inmóvil.

–He venido con Lucy.

Graham la miró.

–¿Tú lo has traído aquí?

Ella miró a Hayden; no estaba segura de cuánto podía contar. Lo vio encogerse de hombros y asentir. Lucy abrió la boca, pero no supo qué decir. No sabía cómo explicarlo. Hayden volvió a asentir, animándola.

Ella se giró hacia su padrastro.

–Hayden sospechaba de que Angelica y tú estabais implicados en las escuchas ilegales. Yo le aseguré que tú no tenías nada que ver, y lo estaba ayudando porque quería limpiar tu nombre.

–¿Espiándome? –preguntó Graham indignado.

Lucy no estaba acostumbrada a que su padrastro la hablase así, así que tuvo que hacer un esfuerzo para tranquilizarse.

–Graham, no teníamos ni idea de que estarías esta noche en el despacho de Angelica.

Él pareció comprender.

–La estabais espiando a ella.

Hayden asintió.

–Sí.

–Supongo que usted también ha oído toda la conversación –le dijo Graham.

–Sí.

–¿Y tiene suficientes pruebas contra nosotros?

–Contra usted, sí. Angelica no ha admitido nada.

Hayden tomó un sujetapapeles de cristal que había encima del escritorio, lo miró y volvió a dejarlo en su sitio.

–Si cooperase con nosotros para descubrirla, podríamos ayudarlo.

Graham gimió y se tapó los ojos con la mano.

–No puedo hacerlo. Angelica tiene razón, le he fallado como padre. Así que lo único que puedo hacer ahora es protegerla.

–No será suficiente para salvarla –le advirtió Hayden.

–Ya veremos –respondió Graham–. ¿Qué va a pasar ahora?

–Angelica, Marnie y usted serán llamados a declarar ante el comité del Congreso, que tendrá la información que yo les voy a dar y que podrá hacer las preguntas adecuadas.

–¿Por qué no hacemos un trato, Black? –dijo Graham a regañadientes–. Yo lo confieso todo y usted deja fuera de esto los nombres de Angelica y de Madeline…

–No tengo autoridad para llegar a ese acuerdo con usted, pero se lo trasladaré a las personas adecuadas.

–Gracias –le dijo Graham, pasándose las manos por el rostro con nerviosismo–. ¿Y después de que testifique?

Hayden no se inmutó.

–Es posible que tenga que enfrentarse a una pena de cárcel, y tendrá que vender ANS. Las autoridades no permitirán que siga siendo el dueño de una cadena de televisión.

–No –dijo Lucy, negándose a aceptar que su padrastro pudiera ir a la cárcel.

–Lucy, cariño, a lo mejor no voy a la cárcel.

–No –repitió ella, mirando a Hayden–. Si se puede hacer un trato para proteger a Angelica, también se tiene que poder hacerlo para proteger a Graham.

–No es lo mismo –dijo Hayden–. No tenemos nada para negociar con la libertad de Graham. ¿Qué quieres que haga?

–No lo sé, tú eres el experto en esto –le dijo ella, tomando sus manos y entrelazando los dedos con los de él–. Puedes salvarlo. Es la única familia que tengo. Por favor.

–Lucy, lo siento mucho –le respondió Hayden con voz tensa–. No puedo hacer nada.

Ella le soltó las manos, puso la espalda recta y se centró en lo que era más importante.

–¿Puede al menos marcharse a casa?

Hayden se aclaró la garganta.

–Sí, pero tendrá que presentarte ante el comité probablemente en un par de días.

Se giró hacia Graham y le preguntó:

–No va a marcharse de la ciudad, ¿verdad?

–Por supuesto que no –respondió Lucy en su lugar, acercándose a su padre–. Vamos, Graham, te llevo a casa.

Este tenía los hombros caídos y la mirada perdida.

–Rosie está arriba, en mi despacho.

–Hayden, ¿puedo confiar en que saldrás del edificio sin detenerte en ningún sitio en el que no debas parar? –le preguntó Lucy.

Hayden frunció el ceño confundido.

–Por supuesto.

–Entonces, adiós. Ya no vamos a emitir ese reportaje sobre ti, así que puedes estar tranquilo. Y por fin tienes lo que querías. Supongo que nuestro trabajo juntos termina aquí.

Él la miró fijamente.

–Supongo que sí.

Hayden se dio la media vuelta y salió del despacho. Lucy observó cómo iba hasta los ascensores sin mirar atrás.

Con cada paso que daba, algo se rompía en su interior. Habían dejado claro que lo suyo era solo temporal. Y su tiempo se había terminado, pero cuando Hayden entró en el ascensor, ella se sintió vacía, rota.

Cerró los ojos para contener la emoción y luego se giró hacia Graham. Su padrastro la necesitaba. Entrelazó su brazo con el de él y lo ayudó a levantarse.

—Buscaremos a Rosebud e iremos a casa.

—Lucy —le dijo él, permitiendo que viese por primera vez emoción en sus ojos—. Lo siento de verdad.

—Ya lo sé, Graham. Todo va a ir bien —le respondió ella, a pesar de estar notando cómo se le moría el corazón.

Las dos únicas personas a las que quería en el mundo iban a dejarla. Una, probablemente, por la cárcel; la otra, por su vida en Nueva York.

Le había mentido a Graham, nada iba a ir bien. Nunca jamás.

Capítulo Once

Sentada en un taburete de la cocina, todavía en pijama, Lucy vio las noticias de la mañana con una taza de café entre las manos. La declaración de Graham del día anterior estaba en todos los medios. La Comisión Federal de Comunicaciones le había ordenado la venta de ANS si no quería que la cadena perdiese la licencia. Lo que todavía no sabía nadie era que Liam Crowe, magnate de los medios de comunicación, ya le había hecho una oferta. Eso se anunciaría a lo largo del día.

También estaban informando de que Marnie Salloway iba a declarar en unas horas, ya que Graham había dicho que esta había sido la que le había informado de todos los avances del caso. Tal y como Lucy había imaginado, Graham no había nombrado a Angelica ni una sola vez, y tampoco se le había preguntado por ella. El comité había aceptado el trato que Graham le había propuesto, incluido que mantuviesen su relación con Angelica en privado, lo que significaba que los medios no sabían nada… todavía.

Lucy contuvo las lágrimas por Graham. Se había quedado con él la noche que Hayden y ella habían oído su conversación con Angelica, la noche en que toda su vida se había venido abajo. Lo había llevado a casa y había dormido en una de las habitaciones de invitados. O había fingido dormir, porque casi no había podido pegar ojo desde entonces. Lo habían detenido la tarde anterior y ella había ido a buscar a Rosie. No había conseguido dormirse hasta las tres de la madrugada y acababa de amanecer y ya estaba despierta otra vez.

No podía dejar de pensar en el horrible futuro que le esperaba a Graham, acerca de su implicación en las escuchas ilegales, en que era el padre de Angelica. Era demasiado. Se sentía como si todo en lo que había creído fuese falso.

Y cuando había conseguido no pensar en Graham, su mente la había llevado una y otra vez a un tema en el que prefería no pensar.

Hayden.

Cerró los ojos, vio su imagen y notó cómo se le rompía el corazón. Lo quería, no podía seguir negándolo. Y nunca se había sentido peor en toda su vida. ¿No se suponía que el amor era algo edificante?

Seguía sin gustarle la idea de tener una relación con un hombre mayor, pero eso se había visto eclipsado por los acontecimientos de la última semana. Lo cierto era que su amor por Hayden se había contaminado con la detención de Graham.

Hayden le había dicho en Montana que no quería que nada estropease los recuerdos que tenía de ella, pero había ocurrido.

Lo único que podía hacer era intentar volver a verlo antes de que atrapase a Angelica, terminase la investigación… y se marchase. A lo mejor él no quería volver a verla, después de cómo le había hablado la otra noche, y ya nada volvería a ser lo mismo, pero, no obstante, quería intentarlo. Lo llamaría ese mismo día. A lo mejor podían poner unas normas nuevas. O tal vez se estuviese engañando a sí misma y fuese imposible retomar su aventura.

Su teléfono sonó y ella alargó la mano para responder. No tenía ganas de hablar con casi nadie, pero tenía que estar pendiente de Graham.

Vio el número de Hayden en la pantalla y se quedó sin respiración.

–¿Te he despertado? –le preguntó este en cuanto descolgó.

–No, ya llevo un rato despierta.

–¿Puedo hablar contigo?

–Ya estás hablando.

–En persona.

Lucy cerró los ojos con fuerza. Quería hablar con él cuando estuviese preparada, tal vez cuando tuviese la cabeza un poco más despejada. Quizás después de dos o tres cafés más.

–Podemos vernos en un par de horas.

–Estoy en la calle, delante de tu casa.

A Lucy se le aceleró el corazón, se levantó de la banqueta y se acercó a la ventana. Apartó las cortinas y vio su coche de alquiler en la calle.

–Ya lo veo.

–¿Puedo subir unos minutos?

–No es buen momento, Hayden –le dijo ella.

Todavía estaba en pijama y solo se había tomado una taza de café.

–Tiene que ser ahora –le contestó él.

–Bueno –cedió Lucy, suspirando.

Colgó el teléfono y corrió a su habitación. No le daba tiempo a cambiarse, pero se puso la bata de satén azul.

Cuando abrió la puerta, se encontró con que Hayden tenía a Josh, casi dormido, en brazos. Él iba vestido con traje oscuro, camisa azul clara y corbata. A Lucy se le encogió el estómago. Solo podía pensar en desnudarlo.

–Siento venir tan pronto –le dijo él.

–Entra –respondió ella, inclinándose a darle un beso a Josh en la mejilla–. ¿Quieres un café?

–No, gracias –le dijo Hayden, se inclinó a acariciar a Rosie y dejó a Josh en el suelo, junto a la perra–. No voy a quedarme mucho rato.

Ella se sirvió otro café y le dio un sorbo. Lo necesitaba.

–Así que vienes pronto y también te vas a marchar pronto.

–He venido a despedirme –le dijo él, sin ningún rastro de emoción en la voz.

A ella se le encogió el estómago. Dejó la taza en la encimera antes de que se le cayese. ¿Se marchaba? ¿Ya?

–Hayden –empezó, y tragó saliva–. Siento lo que te dije la otra noche. Estaba disgustada.

–No me marcho por eso, Lucy. Me marcho porque tengo que hacerlo.

–¿Antes de que se termine la investigación?

–Es lo mejor. Me he implicado demasiado. John Harris, que es uno de los mejores detectives de mi empresa, llegará esta misma noche. Él será más imparcial, que es lo que hace falta ahora.

Frunció el ceño y miró a Josh, que estaba acariciando a Rosie.

–Lo que ha hecho falta siempre.

–¿Y tú te marchas de Washington?

Lucy había sabido que aquel momento tenía que llegar, pero era demasiado pronto. No estaba preparada.

Él asintió y apretó la mandíbula.

–Mi vuelo sale dentro de un par de horas. Ya he hecho las maletas.

Ella tomó aire e ignoró el dolor que sentía en el pecho.

No tenían un futuro juntos, así que tal vez fuese mejor que se marchase cuanto antes.

Levantó la barbilla y consiguió sonreírle de manera educada.

–Gracias por pasar a decirme adiós.

Él se pasó la mano por el pelo.

–Odio que nos tratemos con tanta frialdad.

–No se puede tener todo, Hayden. Lo nuestro siempre fue temporal –le dijo ella–. Gracias por organizarlo todo para que Graham pueda dejar a Angelica fuera del escándalo. Quiero que se haga justicia con ella, pero sé que Graham se habría odiado a sí mismo si hubiese sido él quien la hubiese delatado.

Hayden asintió, pero parecía distraído.

–Atraparemos a Angelica.

–Pero no serás tú quien lo haga –comentó Lucy.

–No –admitió él, encogiéndose de hombros–.

Será John Harris quien se ocupe del caso, pero yo lo seguiré desde Nueva York.

—Así que te marchas.

—Me llevo a mi hijo a casa. Es lo que tengo que hacer.

—¿Y tan fácil te resulta dejarme?

—No es nada fácil, Lucy —admitió él—, pero, sí, me marcho. No puedo darte lo que necesitas.

Aquello fue la gota que colmó el vaso.

—¿Quién eres tú para decirme lo que necesito?

—Soy un hombre cínico y cansado del mundo. Un viudo hastiado. Jamás podré amar abiertamente, ni con la intensidad con la que lo hice en el pasado. Mi corazón no es capaz de hacerlo. Es como un coche viejo, de segunda mano. Y tú te mereces a alguien lleno de vida. Optimista. Enérgico. Como tú.

A Lucy le entraron ganas de reír con ironía, pero no lo hizo. Hayden estaba volviendo a decirle lo que necesitaba. Y nunca había estado más equivocado. De repente, Lucy lo vio todo muy claro, tal vez por primera vez. Su amor no estaba manchado, solo había obstáculos que debía superar. Pero amar era cosa de dos.

—Te equivocas —le dijo—, pero si no quieres quedarte a mi lado y creer en lo que podríamos tener, tal vez sea mejor que te marches ahora.

Él se pasó una mano por los ojos.

—Lo he hecho mal desde el principio.

—Me he enamorado de ti, ¿lo sabes? —le dijo ella en tono natural, porque pensó que era justo que lo supiera.

Él se quedó completamente pálido.

–Lo siento, Lucy. Lo siento mucho.

¿Lo sentía? A Lucy empezó a temblarle el labio inferior. Si volvía a decirle que lo sentía, no sería capaz de contenerse más.

–No es culpa tuya –replicó–. Sino mía.

Hayden la miró fijamente.

–Otro motivo más por el que debo marcharme. Así ya no le haré más daño a nadie.

Ella deseó pedirle que se quedara, pero se negaba a suplicarle. Le había dado la oportunidad de decidir quedarse con ella cuando le había dicho que lo quería, y él se había limitado a disculparse.

No iba a llorar. Lo único que le quedaba era su dignidad. Se acercó al fregadero y tiró el café, luego se giró hacia él con una máscara de tranquilidad en el rostro.

–Bueno, pues ya está –dijo, cruzándose de brazos.

–Sí –contestó él–. Espero verte en televisión. Probablemente como presentadora de noticias, o como lo que tú quieras. Tienes talento, Lucy.

Después de lo ocurrido con Angelica, Marnie y Graham, solo por querer conseguir audiencia, la idea le provocó náuseas.

–No lo creo. Voy a presentar mi dimisión hoy mismo.

–¿Y a qué te vas a dedicar? –le preguntó Hayden.

–No lo sé. Creo que me voy a tomar un par de meses libres para decidir qué quiero hacer con mi vida.

En esos momentos, no estaba en condiciones de tomar decisiones vitales.

–Hagas lo que hagas, tendrás éxito, estoy seguro –le aseguró él en tono amable.

–Tú también lo harás muy bien con Josh –comentó ella con toda sinceridad–. Tiene mucha suerte de tenerte como padre.

Josh se había colado en su corazón y, aunque no volviese a verlo, siempre lo llevaría allí.

Hayden asintió y se aclaró la garganta.

–Tenemos que marcharnos si no queremos perder el vuelo.

Avanzó hacia ella, que apartó el rostro porque no podía seguir mirándolo.

–Lucy –le susurró él, tomando su rostro con la mano. Luego, sin aviso, la abrazó y la besó apasionadamente.

Ella perdió el control por completo y le devolvió el beso. Lo abrazó por el cuello y tiró de él, no quería dejarlo marchar, deseaba que aquel momento durase eternamente. Notó que las lágrimas le inundaban los ojos y corrían por sus mejillas, pero no pudo contenerlas.

Hayden se apartó demasiado pronto y apoyó la frente en la de ella. Después, sin mediar palabra, le dio un beso en la frente, tomó a Josh del suelo y se marchó.

Ella cerró los ojos, escuchó alejarse sus pisadas y oyó cómo abría y cerraba la puerta. Y solo entonces se dejó caer al suelo de la cocina y se puso a llorar desconsoladamente.

Capítulo Doce

Un par de horas después, tras haber hecho un enorme esfuerzo, Lucy atravesaba la puerta abierta de una habitación fría, pintada de verde claro. Graham ya la estaba esperando allí. Parecía mucho más pequeño, tenía los hombros caídos, estaba inexpresivo, con la mirada clavada en las manos esposadas.

Iba vestido con un pijama naranja, despojado de su posición y su riqueza. No le habían dado la opción de pagar una fianza, ya que habían pensado que, dada su riqueza y la falta de familia, corría el riesgo de fugarse.

Lucy se sentó en la silla de plástico marrón y Graham levantó la vista por primera vez. Era evidente que le daba miedo el rechazo, y a ella se le encogió el corazón. Jamás se le había ocurrido que pudiese dudar de su amor y de su lealtad.

—Muchas gracias por venir, eres un cielo —le dijo.

—Eres mi padrastro y te quiero —respondió ella.

—¿A pesar de lo ocurrido?

—A pesar de todo, sí. Siempre has estado ahí para mí, y ahora soy yo la que está aquí, apoyándote.

Graham se tapó el rostro con las manos y cuando las bajó, tenía los ojos húmedos.

–Lo siento, Lucy.

–No puedo decir que me parezca bien lo que has hecho con ANS –respondió ella–, pero eso es solo una parte de ti. También eres el hombre que me acogió y me quiso al casarse con mi madre, y que me cuidó cuando ella faltó. Eres el hombre que siempre ha querido lo mejor para mí.

–¿Cómo está Rosebud? –le preguntó él.

Rosie se había pasado la noche llorando, echándolo de menos, así que Lucy había tenido que permitir que durmiese con ella.

–Te echa de menos, pero he intentado mantenerla ocupada, así que creo que está bien.

–Gracias por llevártela.

–A mí también me ha venido bien su compañía –admitió ella.

–Lucy –empezó Graham con cautela–. Entre Hayden y tú hay algo, ¿verdad?

Ella estuvo a punto de negarlo, pero ya no tenía sentido.

Tragó saliva para poder contestar.

–Para mí lo hubo, sí.

–¿Lo quieres? –le preguntó Graham.

De repente, a Lucy le costó respirar.

–No es fácil. Hay…

–Sí que es fácil –la interrumpió él–. ¿Lo quieres?

–Sí –susurró ella.

–Deja que te diga algo. Cuando echo la vista atrás, hay cosas en mi vida que me hubiese gustado hacer de otra manera, pero de lo que más me arrepiento tiene que ver con tu madre.

Eso la sorprendió.

–Pensé que la querías.

–Y la quise. Mucho. Más de lo que ella pensaba. Tenía que haberla mimado más. Fue el amor de mi vida, y yo me pasé el tiempo levantando imperios. Pensé que teníamos todo el tiempo del mundo, pero solo pudimos estar juntos siete años. Fue demasiado breve. Ya no está, y tampoco tengo la cadena, así que sacrifiqué mi tiempo con tu madre por nada.

–Ella sabía que la querías –le dijo Lucy–. Lo sabía.

–Gracias –dijo Graham en tono nostálgico–. Ahora te toca a ti.

Lucy no lo entendió.

–¿Pero no odias a Hayden? Es el que ha hecho que estés aquí.

–Por mucho que lo odie a él, te quiero más a ti. Y lo daría todo porque fueses feliz, cariño.

–Gracias –le dijo ella. Tenía un nudo en la garganta.

Graham la miró a los ojos sin molestarse en ocultar sus emociones.

–Si es amor, Lucy, lucha por él. No dejes que nada se interponga en tu camino.

–¿Y si él no quiere?

–Entonces es un idiota, tal y como yo sospechaba –le contestó su padrastro–, pero si lo amas, intenta que sea tuyo. La vida es demasiado corta, demasiado impredecible para desperdiciar ni un solo segundo.

Lucy miró fijamente al hombre que tenía delante. No era el mismo hombre al que había conocido. Nunca le había hablado de su madre, nunca se había abierto de aquella manera. A pesar de todo, eso le resultó esperanzador.

–Tiene un hijo –le contó–. Hayden Black es viudo y tiene un hijo de un año, se llama Josh.

Graham frunció el ceño.

–Eres demasiado joven para ser madre.

Hace poco tiempo atrás, ella habría pensado lo mismo, pero desde que había conocido a Josh, veía la maternidad de una forma completamente diferente. Como algo de lo que podría disfrutar si tuviese la oportunidad. Y era evidente que ya quería a Josh.

–Es un niño muy especial. Y le encanta Rosie –continuó.

–No me has preguntado por Angelica –comentó su padrastro.

Lucy dudó.

–Eso es asunto tuyo. No quiero entrometerme.

–Jamás debí abandonarla de niña –admitió él–. Pensé que con darle dinero era suficiente, pero no lo fue. A lo mejor, si hubiese criado yo a Madeline, las cosas habrían sido diferentes.

Ella se mordió el labio inferior. Tal vez Angelica hubiese sido diferente si Graham la hubiese educado, pero ya no merecía la pena hablar del pasado, así que comentó:

–Los bebés son maravillosos.

–Es evidente que quieres a Josh –dijo Graham, señalándola con el dedo–. No quiero que cometas los dos mismos errores que cometí yo. ¿Estás dispuesta a renunciar al hombre al que amas y al niño que quieres que sea tuyo?

Ella se echó hacia atrás en la silla y se cruzó de brazos.

–No lo sé, pero te prometo que lo pensaré.

Su padrastro asintió satisfecho.

–Sé que harás lo correcto. Como siempre.

Luego echó su silla hacia atrás y se levantó.

–Ahora, vete. No quiero que desperdicies tu tiempo haciéndole compañía a un viejo.

–Volveré –le dijo ella, controlando las lágrimas para que Graham no la viese llorar–. Pase lo que pase con tu sentencia, estaré ahí.

Cuando llegó al coche no pudo seguir conteniendo las lágrimas. Apoyó la cabeza en el volante y las dejó salir. Lloraba por Graham y también por sí misma.

Recordó las palabras que su padrastro le había dicho. Tenía razón. Quería a Hayden. Era sencillo, y muy complicado al mismo tiempo.

Le daba igual que Hayden dijese que su corazón no tenía capacidad para amar. Todo se podía superar si estaban juntos. Si había aprendido algo de Graham, era que no debía vivir con remordimientos. Que debía hacer cambios en su vida mientras pudiese. Aunque hablar con Hayden no fuese a servirle de nada, al menos tenía que intentarlo.

Se miró el reloj; todavía era temprano para tomar un vuelo. Sacó su teléfono, llamó a su agente de viajes y compró un billete para Nueva York. Tenía el tiempo justo para ir a casa a buscar un par de cosas y salir hacia el aeropuerto. No podía llevarse a Rosie, así que tenía que volver a Washington esa misma noche. Sintió un cosquilleo en el estómago. Sabía lo que quería e iba a intentar conseguirlo.

De camino a casa pensó en lo que le iba a decir a Hayden. Tenía que explicarle que tenían que crear juntos una nueva familia para Josh y tener más hijos juntos.

Aparcó delante de su casa, tomó su bolso y abrió la puerta del coche. Salió y dudó un instante. Había alguien sentado en las escaleras de su casa. Dos personas. Su corazón se detuvo. Dos personas a las que quería. Hayden se levantó y tomó a Josh, pero no se acercó a ella.

A Lucy le temblaron las rodillas y se apoyó en el coche para guardar el equilibrio. Él la miró a los ojos, pero su mirada no lo delató. ¿Se le habría olvidado algo?

El plan había sido decirle lo que quería para su futuro, pero eso tenía que ocurrir después de que le hubiese dado tiempo a ordenar sus ideas. No obstante, Hayden estaba allí y ella tenía que aprovechar la oportunidad.

Se colgó el bolso al hombro y cerró el coche. Luego respiró hondo y se apartó del vehículo. Empezó a andar. Al acercarse, Josh gritó y alargó los brazos, pero Hayden no lo soltó.

–Hola –la saludó. Tenía el ceño fruncido.

Ella se puso recta y sonrió.

–¿Se te ha olvidado algo?

–Sí.

184

Eso la desanimó, pero intentó controlarse.

–Entra.

Lucy abrió la puerta. Si conseguía que entrasen, a lo mejor conseguía que Hayden escuchase lo que le tenía que decir. Rosie acudió a saludarlos entusiasmada.

Mientras pensaba lo que iba a decir, Lucy entró en el salón. Era un buen lugar para dejar a Josh en el suelo. Una vez allí, se giró y puso los brazos en jarras.

–Antes de que te lleves lo que hayas olvidado, me gustaría…

–A ti –le dijo él muy serio.

Dejó a Josh en el sofá y Rosie se acercó a él. Luego Hayden la miró a los ojos.

–Te he olvidado a ti. En cuanto despegó el avión, supe que había cometido un error. Un error colosal. Cuando llegamos a Nueva York, compré directamente un vuelo de vuelta.

Lucy se puso a temblar.

–¿Quieres que continuemos con nuestra aventura? –le preguntó esperanzada.

–Quiero algo más que una aventura. Lo quiero todo, Lucy –le dijo, tomando sus manos y apretándoselas con fuerza–. Quiero vivir contigo.

–¿Y Josh? –le preguntó ella temblando–. No podría estar contigo y no tener relación con él. Y tú dijiste que jamás volverías a compartirlo.

–Me equivoqué –admitió él–. Una de las cosas que pensé en el avión fue que criar a Josh contigo no tendría nada que ver con criarlo con Brooke. Lo mejor para Josh es tener un padre y una madre que lo quieran. No obstante, sé que es mucho pedir. Deberías…

Ella le pudo un dedo en los labios.

–¿No irás a decirme otra vez lo que debo hacer?

Él sonrió.

–No.

–Bien. Porque quiero a Josh. Cuando te marchaste, lo eché de menos tanto como a ti. Os quiero a los dos.

Hayden tragó saliva, se arrodilló y tomó sus manos.

–Lucy Royall, cásate conmigo. Conmigo y con Josh.

Ella se sintió feliz, pero solo sonrió.

–Antes de responder a eso –le dijo con voz dulce–, quiero que pongamos una serie de normas.

–De acuerdo –dijo Hayden riendo.

–Para empezar, no vuelvas a pensar que sabes lo que me conviene.

–Está bien. De todas maneras, creo que no tenía ni idea.

–Además, vendré a Washington una vez por semana para ver a Graham pase lo que pase con su sentencia.

–Ya imaginaba que no querrías separarte mucho de él, así que iba a hacerte una propuesta. Voy a abrir una oficina de la empresa en Washington, si quieres que nos quedemos aquí. También podríamos vivir la mitad del tiempo en cada ciudad.

–¿De verdad?

–Aprendí un par de cosas de mi primer matrimonio. En esta ocasión, quiero que seamos una pareja de verdad. Graham forma parte de tu vida, así que también estará en la mía. Estoy seguro de que aprenderé a apreciar sus virtudes –dijo Hayden–. Por ejemplo, me gusta de él que te quiera tanto.

Lucy se emocionó y lo abrazó por la cintura.

–No pensé que podía quererte todavía más –le dijo, llorando de alegría–. No sé si sabes que, hace una hora, Graham me ha dicho que luchase por ti. Había comprado un vuelo para ir a Nueva York e iba a intentar convencerte de que nos dieras una oportunidad.

Él se echó a reír.

–Quién me iba a decir que tendría que darle las gracias a Boyle por algo bueno –le dijo, abrazándola–. De todas maneras, esta casa es demasiado grande para una persona sola, te ayudaremos a llenarla. Por cierto, ¿por qué una casa tan grande?

–Creo que siempre he estado esperando poder tener una familia.

–Pues ya la tienes –le dijo Hayden–. Josh, Rosebud y yo.

Rosebud se acercó al oír su nombre. Lucy miró al animal, después a Josh y por último a Hayden. Y sonrió.

–La familia perfecta.

–¿Tienes alguna norma más? –le preguntó Hayden mirándola a los ojos.

–Pues…

–Porque yo también tengo mis normas.

La llevó hasta el sofá y se sentaron con Josh, Lucy en el regazo de Hayden y el niño en el de Lucy.

–La primera, que no nos esconderemos. Si quiero besarte en un parque, o en medio de la calle, lo haré.

Ella intentó contener una sonrisa.

–Creo que puedo aceptar esa norma.

Aburrido por la falta de acción, Josh se fue a la otra punta del sofá y empezó a acariciar a Rosie.

–Segunda norma –continuó Hayden–. Podremos hacer el amor donde queramos, no solo en tu casa.

Ella le dio un beso en la barbilla.

–También estoy de acuerdo –le contestó.

–Entonces, yo creo que podemos casarnos.

Hayden la estaba mirando con tal intensidad, con tanto amor, que Lucy se sintió completamente feliz. Cuando la besó, supo que aquel era el único lugar en el que quería estar, con el hombre al que amaba y que la amaba a ella. Formaban la familia perfecta.

En el Deseo titulado
Un compromiso exclusivo,
de Andrea Laurence,
podrás continuar la serie
HIJAS DEL PODER

LA AMANTE EQUIVOCADA

TESSA RADLEY

Joshua Saxon, un millonario arrogante que dirigía una de las mejores bodegas de Nueva Zelanda, creía que Alyssa Blake había sido la amante de su difunto hermano. Sin embargo, la verdadera relación que Alyssa tenía con la familia Saxon era mucho más impactante.

Nada más conocerse, Alyssa y Joshua sintieron una fuerte atracción mutua que ninguno pudo negar, pero ¿qué podía albergar el futuro para un hombre y una mujer entre los que había tantos secretos y mentiras?

¡Él descubriría todos sus secretos!

¡YA EN TU PUNTO DE VENTA!

Acepte 2 de nuestras mejores novelas de amor GRATIS

¡Y reciba un regalo sorpresa!

Oferta especial de tiempo limitado

Rellene el cupón y envíelo a
Harlequin Reader Service®
3010 Walden Ave.
P.O. Box 1867
Buffalo, N.Y. 14240-1867

¡Sí! Por favor, envíenme 2 novelas de amor de Harlequin (1 Bianca® y 1 Deseo®) gratis, más el regalo sorpresa. Luego remítanme 4 novelas nuevas todos los meses, las cuales recibiré mucho antes de que aparezcan en librerías, y factúrenme al bajo precio de $3,24 cada una, más $0,25 por envío e impuesto de ventas, si corresponde*. Este es el precio total, y es un ahorro de casi el 20% sobre el precio de portada. !Una oferta excelente! Entiendo que el hecho de aceptar estos libros y el regalo no me obliga en forma alguna a la compra de libros adicionales. Y también que puedo devolver cualquier envío y cancelar en cualquier momento. Aún si decido no comprar ningún otro libro de Harlequin, los 2 libros gratis y el regalo sorpresa son míos para siempre.

416 LBN DU7N

Nombre y apellido	(Por favor, letra de molde)

Dirección	Apartamento No.

Ciudad	Estado	Zona postal

Esta oferta se limita a un pedido por hogar y no está disponible para los subscriptores actuales de Deseo® y Bianca®.
*Los términos y precios quedan sujetos a cambios sin aviso previo.
Impuestos de ventas aplican en N.Y.

SPN-03   ©2003 Harlequin Enterprises Limited

Bianca

Compartir la misma habitación resultaba una dulce tortura...

El experto en operaciones especiales Trig Sinclair era un hombre de honor y conocía la regla número uno del código de amistad. Por muy atraído que se sintiera hacia Lena West, la hermana pequeña de su mejor amigo, debía mantenerse alejado de ella.

Pero, después de sufrir un accidente en Estambul, Lena perdió la memoria y creyó que estaba casada con Trig. Fue muy difícil enfrentarse a ella después de que descubriera lo que su supuesto marido había estado ocultándole...

Pasión en Estambul

Kelly Hunter

Deseo

¿SINCERA O CAZAFORTUNAS?

KATE HARDY

La empresaria y jefe de mecánicos Daisy Bell necesitaba liquidez, y rápido, para mantener a flote el negocio familiar. Pero al conocer al misterioso inversor supo que se hallaba ante un dilema: podía salvar la empresa a cambio de poner en peligro su corazón.

Felix Gisbourne pensaba que Daisy era la mujer más atractiva que había visto jamás, con o sin su mono de trabajo. ¡Y lo fácil que era mezclar los negocios con el placer! Pero no estaba seguro… ¿Daisy lo quería en la cama o iba tras su dinero?

Buena chica de día...
Chico malo de noche **[7]**

¡YA EN TU PUNTO DE VENTA!